Clementine Weidenbrecher

Band 2

Monika Niessen
Clementine Weidenbrecher
Band 2

Kriminelle Geschichten

Herstellung und Verlag:
BoD - Books on Demand, Norderstedt
ISBN 978-3-7412-7591-3

Inhaltsverzeichnis

Der 40. Geburtstag
7 - 16

Die Hochzeit
17 - 26

Der Wolleinkauf
27 - 33

Christels Geburtstagsfeier
34 - 42

Eva und Klaus Kuchinsky
43 - 54

Klaus Kuchinskys Geburtstag
55 - 67

Stadtführung
68 - 76

Ein schwül-heißer Tag
77 - 83

Herbstsonne
84 - 93

Der Computerkurs
94 - 103

Der alte Koffer
104 - 121

Der 40. Geburtstag

An einem schönen Frühlingssonntag saßen Clementine und Willi in der „Wacht am Rhein". Um draußen zu essen war es Ihnen noch zu frisch, aber die Tische am Rhein waren alle besetzt von Sonnen hungrigen Menschen. Die Bedienung brachte die Getränke und notierte, was die Beiden essen wollten.

Willi stieß mit Clementine auf den schönen Tag an und teilte ihr mit, dass er eine Überraschung für sie habe.
Es waren zwei Einladungen, mit denen Willi Clementine überraschte.
Bei der ersten Einladung handelte es sich um den 40. Geburtstag seiner Nichte Susanne, einer „Event" Unternehmerin. Dieser Geburtstag sollte in zwei Wochen bereits gefeiert werden. Die zweite Einladung betraf die Hochzeit von Susannes jüngerer Schwester Sabine, die zwei Wochen später stattfinden sollte.
„Willi Küster und Clementine Weidenbrecher", so begannen die Texte beider Briefe.
Susanne und Sabine waren die Töchter von Willis älterer Schwester Elisabeth und er der Patenonkel beider Mädchen.

Clementine und Elisabeth kannten sich schon seit ihrer gemeinsamen Grundschulzeit, hatten sich aber später aus den Augen verloren, da Elisabeth nach Linz geheiratet hatte und der Rhein doch ein wenig trennte. Zu Willis letztem Geburtstag, den er im „Haus Oberwinter" feierte, waren sie alle mit ihren derzeitigen Partnern erschienen. Elisabeths Töchter hatte Clementine erst bei dieser Gelegenheit kennen gelernt. Clementine gefielen die jungen Frauen, solche Töchter hätte sie auch gerngehabt, wenn es möglich gewesen wäre. Die Sympathie wurde offensichtlich erwidert, sonst wäre Clementine wohl kaum mit eingeladen worden. Während des Essens unterhielten Willi und Clementine sich über die bevorstehenden Feste.

Willi hatte bereits mit seiner Schwester telefoniert, er wollte wissen, was er seinen Nichten schenken könnte. Seine Schwester schlug ihm vor, er solle sich am „Geldsack" für Susanne und an der „Aussteuertruhe" für Sabine beteiligen. Der Geldsack war ein Beutel aus derbem Leinen, mit aufgedruckter Schrift „Geldsack". Die Aussteuertruhe, eine Holzkiste, hatte auf dem Deckel die Aufschrift „Aussteuertruhe".
Willi zeigte Clementine Fotos, die seine Schwester ihm aufs Smartphone gesendet hatte.
Zu beiden Behältnissen gehörte eine Schriftrolle, auf der die Spender genannt wurden.
Clementine gefielen diese Geschenk Ideen, sie würde sich daran beteiligen, denn das war besser, als etwas zu schenken, was niemand brauchte.

Aus beiden Einladungen ging hervor, dass „festliche Kleidung in fröhlichen Farben" erwünscht war.
Das war eine Sache, die für Clementine nicht so leicht zu erledigen war.

Wieder in ihrer Wohnung angekommen, inspizierte Clementine ihren Kleiderschrank. Fröhliche Farben gab es in ihrem Schrank nicht, aber wer sagte denn, dass es so bleiben müsste? Da wäre wohl mal ein Einkaufsbummel fällig, zu dem Clementine wenig Lust verspürte.

Am nächsten Tag, einem Montag, rief Eva Kuschinsky sie an. Sie erzählte ihr, dass Irmtraut und Lieselotte am morgigen Dienstag nicht kommen würden, die beiden waren Kusinen und zu einem Familienfest gereist. Nun wollte Eva wissen, ob Clementine denn kommen wolle, da auch die Erika Eisenmenger abgesagt hätte.
Clementine fand, das sei eine gute Gelegenheit Eva auf ihr Garderoben-Problem anzusprechen, was sie auch tat. Eva war stets sehr schick gekleidet, sie wirkte selbst in Hauskleidung elegant.
Erika, trug am Liebsten Jeans und Pullover, da ließ sie sich doch besser von Eva beraten. Eva schlug ihr eine Tagestour in ein großes Einkaufszentrum im Ruhrgebiet vor.

Am frühen Dienstagmorgen fuhren die Beiden mit dem Zug von Remagen bis Köln, dort mussten sie einmal umsteigen. Nach fast drei Stunden Reisezeit kamen sie in dem Einkaufszentrum an.
Clementine betrachtete die Tagestour als Ausflug, denn nur um ein paar Kleidungsstücke zu kaufen, da wäre ihr der Aufwand zu groß gewesen. Aber so sah sie mal eine andere Gegend, auch wenn es dann überwiegend Geschäfte waren. Eva kannte alle Läden

die für sie in Frage kamen. Zunächst besuchten sie einen Dessous Laden, weil Eva dort für sich einiges zu finden hoffte.

Während Eva gezielt suchte, sah Clementine sich um. Ihr fiel eine junge Frau auf, die sich zwischen den Ständern immer wieder bückte. Warum mochte sie dies tun? Clementine machte einen großen Bogen um den Gang in dem diese Frau jetzt war und schaute dann neugierig in den Gang. Da sah sie eben noch wie einige Dessous in einem Koffer verschwanden, den die junge Frau dabeihatte. Clementine ging zur Kasse und machte eine Angestellte auf die Frau aufmerksam. Da kam die junge Frau zur Kasse und wollte lediglich einen Slip bezahlen, Clementine hatte aber bemerkt, dass sie einige Teile in den Koffer gepackt hatte. Die Kassiererin und ihre Chefin baten die Kundin und Clementine als Zeugin ins Büro. Dort öffnete die junge Frau bereitwillig den Koffer, er war leer!
Clementine sagte, dann müsse es einen doppelten Boden geben, sie habe gesehen, dass die junge Frau Ware von den Ständern nahm und in den Koffer steckte. Blitzschnell nahm die Frau den Koffer hoch und versuchte Clementine damit zu schlagen! Doch Clementine riss ihr den Koffer aus der Hand und zerrte am Boden. Der löste sich und zwei teure Nachthemden mit passendem Mantel fielen zu Boden. Die Chefin hob die Ware auf, während die junge Frau die Kassiererin zur Seite schubste und davon stürmte.
Clementine durfte sich, zum Dank für ihre Aufmerksamkeit ein schönes Nachthemd aussuchen.

Als Eva ebenfalls fündig geworden war, machten die Beiden erst einmal eine Pause in einem gemütlichen Lokal. Für Clementine hätte der Einkauf jetzt beendet sein können, aber Eva gab nicht auf: „Wir fahren erst zurück, wenn Du eingekleidet bist", sagte sie.

Im nächsten Laden, den sie aufsuchten griff Eva nach einem leichten hellblauen Hosenanzug mit Bluse, der Clementine wunderbar passte. Nun brauchte sie noch passende Schuhe, auch diese fand Eva sehr schnell. Mit Eva machte ihr das Einkaufen direkt Spaß, es ging viel flotter, als wenn sie allein unterwegs war, was nur sehr selten vorkam.

Der Nachmittag verging wie im Flug. Am frühen Abend kamen sie in Köln an und konnten gleich weiterfahren, ihr Anschlusszug war pünktlich. Als der Zug in Remagen ankam, wurde es bereits dämmrig, aber Willi und Klaus standen am Bahnhof um die beiden Käuferinnen abzuholen. Sie waren sehr bepackt. Eva staunte was Clementine alles in ihrem Rollator-Korb und an den Griffen hängend unterbrachte.

Bevor Clementine an diesem Abend zu Bett ging, sagte sie zu Hermanns Foto: „Et könnt joot sen, dat esch mesch och noch ens an jätt andere Farwe jewönnen, wie imme nur brong un bääsch. Wenn esch met dämm Eva esu weijde machen, dann dätze mesch net mi widde kenne".

Clementine hatte sich seit Hermanns Tod sehr verändert. Sie hatte, mit Willis und der Freundinnen Hilfe, ein sehr ausgefülltes Leben. Nun freute sie sich auf die kommenden Feste, zu denen sie mit Willi eingeladen war.

Die kommenden Tage vergingen Clementine wie im Flug und am Tag des runden Geburtstags, stand Willi pünktlich vor Clementines Wohnung um sie abzuholen. Sie fuhren mit Willis Auto nach Kripp, setzten über nach Linz und fuhren Richtung Dattenberg.

Etwas außerhalb von Linz besaß Susanne eine alte Villa mit Garten und einer wunderschönen Aussicht auf den Rhein und die gegenüber liegende Rheinseite.
Gelegentlich veranstaltete Susanne in ihrer Villa Feste, die auf Wunsch ihrer Kunden dort stattfanden. Im Hochparterre Bereich gab es sehr gut geeignete Räumlichkeiten für solche Zwecke. Eine Etage darüber hatte sie ihre Büro- und Lagerräume und unter dem Dach wohnte sie.

Willi hatte Clementine Fotos von Susannes Räumen gezeigt, die diese auf ihrer Internetseite präsentierte. Da passte ihre neue festliche Kleidung sehr gut, wie sie fand. Nur war es leider sehr kühl an diesem Tag, da nahm sie lieber ein großes, weißes Umschlagtuch mit, das sie vor einigen Monaten gehäkelt hatte.

Als sie ankamen, waren bereits viele Gäste anwesend. Außer Willis Schwester und ihren Töchtern kannten die Beiden niemanden.

Nach einem kleinen Stehempfang wurde das Buffet eröffnet. Zu Clementines Freude gab es sehr viele verschiedene Sorten Gemüse und Salate. Im Frühjahr und Sommer aß sie am Liebsten leichte Speisen. Im Herbst und Winter durfte es auch mal ein Stück Kesselskuchen, wie die Remagener ihren Döppekooche auch nennen, oder rheinischer Sauerbraten sein.
Sie überlegte eben noch, von welchem Gemüse sie nehmen sollte, als sie angerempelt wurde. Der Inhalt eines Glas Rotweins ergoss sich über den Ärmel ihrer neuen hellblauen Anzugjacke. Willi, der neben ihr stand sagte zu dem Rempler: „Sie könnten sich wenigstens mal entschuldigen", aber der dachte gar nicht daran und verschwand im Gedränge.

Willis Schwester Elisabeth führte Clementine in Susannes Wohnung, dort wusch sie ihr den Fleck aus und hängte die Jacke auf einen Bügel. Clementine legte sich ihr Häkeltuch über die Schultern und ging wieder nach unten. Elisabeth wollte ein wenig in der Wohnung ausruhen und später nachkommen.
Im Flur schaute Clementine sich das Treppenhaus einmal genauer an, es war ein Kunstwerk. Sie war begeistert, ein so schönes Treppenhaus hatte sie noch nie gesehen!

Auf dem Weg nach unten vernahm sie plötzlich ein Kichern und sah, über das Geländer gebeugt, ein jun-

ges Paar, die Frau in einem leuchtendroten Spitzenkleid, auf dem Weg zu den Büro- und Lagerräumen. Clementine verhielt sich ganz ruhig, sie wollte die jungen Leute nicht stören, sie würde warten bis die beiden verschwunden waren und dann schnell nach unten gehen.
Sie stand in einer Nische, vor einer weißen Wand, da fiel sie mit ihrem weißen Umschlagtuch nicht auf. Na, das dauerte aber, bis die Beiden endlich in einem der Räume verschwanden.
Als sie unten ankam, wartete Willi bereits auf sie. Clementine erzählte ihm, warum sie so lange brauchte bis sie wieder unten war. Willi ging mit ihr zu Susanne, er meinte, es sei besser, sie fragten sie mal, ob das in Ordnung sei, dass dieses junge Paar in ihren Geschäftsräumen verschwand.

Susanne befand sich mit vielen anderen Gästen im Garten, als Willi ihr von Clementines Erlebnis berichtete. Sie erschrak und rannte mit zwei Begleitern die Treppe hoch!
Dann ging alles ganz schnell. Sie hörten Geschrei und einen Schusswechsel, Polizei und Krankenwagen fuhren vor.

Clementine kam es später vor, als sei alles das gleichzeitig passiert. Einige Gäste gingen ins Haus, Willi und sie blieben im Garten.
Die junge Frau, Clementine erkannte sie an ihrem leuchtendroten Spitzenkleid, wurde auf einer Trage zum Krankenwagen gebracht. Der Krankenwagen fuhr ab und die Spurensicherung erschien. Ihr Auto

sah Clementine nicht, aber die Männer mit den Metallkoffern kannte sie schon.

Elisabeth trat auf Willi und Clementine zu, sie war sehr blass und schwankte ein wenig. Willi führte sie zu einer Bank, die etwas abseitsstand und bat Clementine mit zu kommen. Dort berichtet Elisabeth ihnen, dass Susanne bedroht wurde. Ein ehemaliger Kunde, der sich von ihr übervorteilt fühlte, hatte ihr geschrieben, dass er ihre Villa abbrennen wolle.
Sie hatte im letzten Jahr die Hochzeit des Paares veranstaltet. Die Rechnung wurde nie beglichen, angeblich war sie viel höher ausgefallen, als vereinbart.
Susanne hatte für ihr Fest einen Sicherheitsdienst engagiert, mit dem sie schon mehrmals zusammenarbeitete. Es waren etwa hundert Gäste eingeladen und da konnte es passieren, dass sich jemand einschlich, der nicht dazu gehörte.
Schließlich kannte, außer Susanne, niemand dieses Paar.

Bei dem Schusswechsel wurde die junge Frau schwer und ein Sicherheitsmann leicht verletzt. Der Täter erschoss sich selbst, als er bemerkte, dass er nicht mehr wegkonnte.
Wie sie später erfuhren, war Susanne nicht die einzige, die er erpresste. Er hatte ein langes Vorstrafenregister.
Wieder zu Hause angekommen, sagte Clementine zu Hermanns Foto: „Dat Susanne hät jo en „Event-Agentur", op deutsch: Ereignis, äwwe dat Ereischnis hät et net jeplant, do ben esch jezz äwwe ens je-

spannt, wat an dä Huchzejt noch alles passiert, die es jo schon de üwwenächste Wooch".

Und die Hochzeit wurde eine ganz andere Geschichte.

Die Hochzeit

Nur zwei Wochen nach Susannes 40. Geburtstag fand die Hochzeit ihrer jüngeren Schwester Sabine mit Jens, einem selbständigen Anlageberater statt. Die Beiden kannten sich seit ihrer gemeinsamen Ausbildung bei einer Bank. Mit Jens' Weggang, trennten sich ihre Wege. Durch Zufall trafen sie sich im letzten Jahr bei einer Fortbildungsveranstaltung, deren Dozent Jens war.

War es vor zwei Wochen, an Susannes Geburtstag sehr kühl, so war es am Hochzeitstag der Beiden, bereits morgens schwül warm. Es sollte im Laufe des Tages Gewitter geben.

Clementine und Willi fuhren sehr früh mit der „Nixe" über den Rhein nach Erpel. Sie hatten einen kleinen Rollkoffer dabei, weil sie bei Elisabeth, Willis Schwester über Nacht bleiben wollten. Elisabeth wohnte seit dem Tod ihres Mannes in einer Parterre Wohnung in „Hohenerpel". Sie hatte eine schöne Terrasse mit einem wunderbaren Blick über Erpel nach Remagen hinüber.

Die Hochzeitsfeier fand im neuen Haus des jungen Paares statt, das nur etwa 100 Meter von Elisabeths Wohnung entfernt, stand. Das Haus war von einem großen Grundstück umgeben. Susanne hatte im Garten ein großes Zelt aufstellen lassen, dort fand die Feier statt.

Als Clementine und Willi in Erpel ankamen, waren sie dankbar, dass Elisabeths Lebensgefährte Edgar bereits mit seinem neuen Auto auf sie wartete. Bei diesem Wetter wäre der Aufstieg zu beschwerlich für die Beiden, fand Elisabeth, darum bat sie Edgar das Paar abzuholen. So kamen sie in den Genuss mit einem teuren BMW zufahren, dessen Sitze noch nach neuem Leder rochen.

Edgar erzählte ihnen unterwegs, dass die standesamtliche Trauung am Vortag sehr ruhig verlaufen sei, da sie nur mit wenigen Personen essen waren.
Um 11 Uhr sollte die kirchliche Trauung heute stattfinden und anschließend ein Sektempfang vor dem Zelt.

In Elisabeths Wohnung angekommen, hatten sie noch genügend Zeit das Gästezimmer in Augenschein zu nehmen und sich ein wenig zu erfrischen.
Mit Edgars Auto fuhren sie dann zur Kirche. Sie gehörten zu den ersten Gästen, die die angenehm kühle Kirche betraten. Es wurde eine sehr schöne, kirchliche Feier.

Der erste Höhepunkt war der Einzug der Braut, die von Willi, ihrem Paten geführt wurde. Clementine erkannte Sabine kaum wieder. Sie trug ein cremefarbenes Seidenkleid mit Bolero. In ihrem Haar steckten gleichfarbige Seidenblumen. Auf einen Schleier hatte sie verzichtet. Elisabeth, die neben Clementine in der Bank stand, kullerten beim Anblick ihrer schönen Tochter Tränen über die Wangen.

Beim Auszug standen junge Leute mit Paddel Spalier. Das Brautpaar war Mitglied eines Ruderclubs, so erzählte Elisabeth Clementine.
Plötzlich schwankte Elisabeth, Clementine bat sie, sich auf ihren Rollator zu setzen, dann nahm sie eine Wasserflasche und einen Becher aus der Rollator-Tasche. Elisabeth nahm das Wasser dankbar an. Sie hatte vor lauter Aufregung zu wenig getrunken.

Die Beiden standen abseits des Trubels, der jetzt um das Brautpaar entstanden war. Während Elisabeth trank und sich ein wenig erholte, sah Clementine sich die Menschen, die vor ihr standen ein wenig näher an. Da sah sie ein Paar, den Mann hatte sie schon mal gesehen. Sie war sich aber sicher, dass dies nicht bei Susannes Geburtstagsfeier war. Während sie noch grübelte, kamen Edgar und Willi auf sie zu. Sie hakten Elisabeth unter und gingen mit ihr und Clementine zu Edgars Auto.

Edgar ließ seine drei Mitfahrer an Elisabeths Wohnung aussteigen. Er selbst wohnte unterhalb, in der Nähe des Schulzentrums. Er wollte sein Auto dort in die Garage fahren.
Während sie auf Edgar warteten, erholte Elisabeth sich ein wenig.
Der Sektempfang fand bereits statt, als sie bei der Hochzeitsfeier ankamen. Es waren bereits einige Gäste im kühleren Zelt, denen sie sich anschlossen. Die Speisen wurden aufgetragen, aber Clementine nahm immer nur eine Kostprobe von jedem Gang, da sie bei diesen Temperaturen keinen Appetit hatte.

Die Gäste wurden zwischen den einzelnen Gängen von Clowns unterhalten. Clementine schaute den Clowns zu. Sie sah, wie zwei zu dem Paar gingen, über das Clementine schon eine Weile nachdachte, um vor ihm zu zaubern. Der junge Mann reagierte unwirsch, er fühlte sich offenbar gestört. Den machte sicher die drückende Schwüle so ungehalten. Er sprang auf und lief aus dem Zelt. Die junge Frau folgte ihm.
Plötzlich fiel Clementine ein wo sie diesen Mann schon einmal erlebt hatte.

An einem Handarbeitsnachmittag im letzten Jahr, zeigte Karin ihr eine Einladung zu einer Veranstaltung in einem Bad Neuenahrer Hotel. Karin bat sie mitzukommen, sie könne bei dieser Veranstaltung zwei Karten für eine Musicalaufführung in Hamburg gewinnen.
Sollte sie die Karten gewinnen, dann könnte Clementine mit ihr reisen.
Was das für eine Veranstaltung sein sollte, ging aus der Einladung nicht hervor. Karin holte sie mit ihrem Auto ab und fuhr mit ihr zu dem Treffen. Es fand im obersten Stockwerk eines Hotels statt. Nach der Begrüßung durch den Mann, der eben mit seiner Partnerin verschwunden war, stellten Karin und Clementine schnell fest, dass es sich um eine Verkaufsveranstaltung handelte.

Clementine war noch nie bei einer dieser berüchtigten Bustouren mitgefahren, dachte aber, dass es dort wohl genauso zu ging. Eine Frau stand auf und wollte den Raum verlassen, der Aufpasser an der Tür ließ sie nicht raus. Karin und Clementine schauten sich an, dann ließ Clementine ihren Kopf auf den Tisch sinken, an dem sie saß. Karin sprang auf und rief: „Was ist mit Dir, musst Du wieder erbrechen?" Clementine stand torkelnd auf und griff nach ihrem Rollator, da stand der Aufpasser bereits neben ihr und forderte die beiden auf, den Saal zu verlassen.

Als sie auf der Straße vor dem Hotel standen, sagte Clementine: „So, jetzt kann ich wieder frei atmen. Dort oben wäre ich erstickt. Mir tun die Leute leid, die sie nicht rauslassen." Karin drehte sich auf dem Absatz rum, ging in das Hotel zurück und beschwerte sich bei dem Hotelchef über die Machenschaften seines Kunden. Er versprach für Abhilfe zu sorgen. Anschließend bummelten die Beiden durch Ahrweiler und verbrachten einen schönen Nachmittag.

Ach, da fiel ihr ein, die Karin feierte ja bald ihren 70. Geburtstag, da wäre eine Einladung zu einer Musicalaufführung ein schönes Geschenk.

Plötzlich entstand ein Tumult am Eingang des Zeltes. Clementine vernahm laute, gereizte Stimmen. Susanne und Sabine kamen zu ihrem Tisch und fragten, ob sie noch bleiben und mit ins Haus gehen wollten. Sie müssten das Zelt abbauen, weil ein Unwetter mit möglichen Tornados gemeldet sei. Da fiel Clementine erst auf, wie dunkel es inzwischen geworden war und absolut windstill.

Elisabeth, Willi und Edgar wollten auf keinen Fall mehr bleiben, da verabschiedete sich auch Clementine von den Beiden. Als sie zum Ausgang kamen, sah Clementine den Mann wieder. Sie fragte Elisabeth, ob sie ihn kenne, diese antwortete: „Ach der Langner, dieser widerliche Typ, bildet sich ein, mein Schwiegersohn müsste mit ihm Geschäfte machen. Der hat ihn aber nur eingeladen, weil seine derzeitige Freundin, die Julia, eine Sportkameradin von Sabine ist. Der pfeift finanziell auf dem letzten Loch. Ich möchte nicht wissen, was der schon alles für krumme Geschäfte gemacht hat. Ich weiß gar nicht, was die Julia an dem findet. Der wechselt die Frauen, wie andere Leute die Kleidung."

Nun standen sie an Elisabeths Wohnung und schauten nach Westen. Der Himmel sah sehr dramatisch aus. Ein großes finsteres Wolkengebilde kam geradewegs auf Erpel zu. Edgar war die Witterung nicht geheuer. Er wollte schnell nach Hause.

Elisabeth, Clementine und Willi betraten Elisabeths Wohnzimmer, sie öffnete die Terrassentür, da fegte die erste starke Windböe über den Rhein.
Willi meinte: „Wir sind gerade noch rechtzeitig gegangen. Hoffentlich haben die jungen Leute es geschafft und alles abgebaut?!"
Er trat kurz auf die Terrasse und flüchtete sofort wieder ins Haus, denn nun begann ein Tosen und Krachen. So einen Gewittersturm hatte Clementine noch nicht erlebt! Die dunklen Wolken explodierten förmlich und wahre Regenvorhänge liefen über die Fens-

ter. Erhellt wurde die Szenerie von Blitzen und gleich darauffolgendem Donnern. Es rauschte und krachte, dass man sein eigenes Wort im Raum kaum verstehen konnte.

Elisabeth hatte Kerzen bereitgestellt und angezündet. Es war keinen Moment zu früh, denn plötzlich gab es Stromausfall. Sie fühlten sich wie auf einer Insel, die Nachbarhäuser waren nicht zu sehen, wenn es nicht gerade blitzte. Dann tat es einen Schlag, dass die drei Menschen im Raum zusammenzuckten.
„Da hat es aber in der Nähe eingeschlagen", flüsterte Elisabeth.

Der Regen ließ ein wenig nach, sie konnten nach draußen sehen. Die Terrasse lag voll abgerissener Äste und einem Teil einer Dachabdeckung, vermutlich von einem Schuppen.

Eine Stunde dauerte es, bis das Gewitter vorbei war, dann konnten sie draußen nachsehen. Die Luft war wunderbar frisch, aber der Garten, total verwüstet! Willi begann die Äste einzusammeln. Elisabeths Vermieter kam und erzählte ihnen, dass es auf der B42 einen schweren Unfall gegeben habe. Er trug mit Willi die Dachabdeckung zum Nachbarn, der wartete bereits am Zaun und erzählte ihnen, bei Edgar am Haus sei auch einiges passiert, er hätte einen Polizeiwagen und die Feuerwehr dort gesehen.

Inzwischen hatten Elisabeth und Clementine Kaffee gekocht. Elisabeth hatte versucht Edgar zu erreichen, sie wollte wissen, wie er das Gewitter überstanden habe, aber er meldete sich nicht. Clementine meinte, vielleicht räume er auch den Garten auf und höre sein Telefon nicht. Sie beschlossen, nach dem Kaffee trinken einen Spaziergang zu Edgars Haus zu machen.

Susanne und Sabine hatten sich bereits gemeldet. Bei ihnen waren keine größeren Schäden zu beklagen, da war Elisabeth schon erleichtert.

In Remagen waren Keller vollgelaufen, hatte Willi von seinem Nachbarn gehört, aber sonst war dort nichts passiert. Die Remagener Bäume fielen ja auch immer erst dann um, wenn es schon längst nicht mehr stürmte.

„Na, da sind wir ja noch mal glimpflich davon gekommen", sagte Willi, als sie sich auf den Spaziergang zu Edgars Haus machten.

Sie kamen nicht bis zu dem Haus. Im Nachbarhaus hatte der Blitz eingeschlagen. Als die Feuerwehr anrückte und auch Edgars Garage, die neben der des Nachbarn stand, vor dem Feuer schützen wollte, fanden sie Edgars Leiche. Die alarmierten Polizisten fanden im Haus eine weitere Tote, es war Julia.
Beide wurden erschossen.

Der Täter war schnell ermittelt, denn er war mit Edgars Auto auf der B42 zwischen Erpel und Linz tödlich verunglückt. Er war viel zu schnell gefahren, als es so plötzlich so stark regnete, beherrschte er das Auto nicht mehr.

Julia und Manuel Langner waren Edgar gefolgt. Ob Julia wusste, warum ihr Freund zu Edgars Haus wollte, glaubte Sabine, die ihnen dies alles später berichtete, nicht.
Er wollte sicher sehen was es bei Edgar noch zu holen gab, außer dem Auto. Wie sich die Tat genau abspielte, ermittelte die Polizei.
Das Paar klingelte unter einem Vorwand bei Edgar. Im Haus erschoss Langner zuerst Julia, er wollte keine Zeugin. Dann fesselte er Edgar die Hände auf dem Rücken und an den Füssen gerade so, dass dieser noch ein paar Schritte gehen und ihm den Tresor im Keller öffnen konnte.

Edgars Münzsammlung wurde im Kofferraum des Autos gefunden. Warum der Täter Edgar erst in der Garage erschoss, blieb ein Rätsel. Eine Vermutung war, dass der Täter die elektronische Wegfahrsperre nicht lösen konnte.

Die ganze Aufregung und Edgars Tod machten Elisabeth so sehr zu schaffen, dass sie am nächsten Morgen zusammenbrach. Willi verständigte Sabine und rief einen Krankenwagen. Mit den Sanitätern erschien ein Notarzt.
Er konnte leider nichts mehr für Elisabeth tun
Sie verstarb noch am selben Abend.

„Nä, nä, wat wo dat en Huchzejtsfejer, die Ih von dämm Sabine, fäng äwwe met vill Wirbel un Leid aan. Un wat hat esch mesch jefreut dat esch dat Elisabeth widde jetroffe hat. Woröm mot et dann met dämm esu schnell ze End senn?
Do froren esch mesch, wat kann dennen jonge Löckdann noch passiere?
Die hatten jo op dä Polterowend vezich. Jo, Hermann, vliesch hätten se dat ens lewe net don solle", sagte Clementine später zu Hermanns Foto.

Der Wolleinkauf

Clementine Weidenbrecher hatte schon oft die schönen Pullover und Jacken bewundert, die ihre Freundin, Erika Eisenmenger, für ihren Mann und sich strickte. Erika erzählte ihr, dass sie die Wolle bei einer Schulfreundin in Bodendorf kaufe, die ließe sich von einem Schäfer die Rohwolle, das Vlies, liefern, dann verarbeite sie das Vlies zu Wollgarn und färbe sie auch. Wenn Clementine wolle, dann könne sie gern einmal mit ihr nach Bodendorf fahren. Die neue Winterwolle würde es sicher bald dort zu kaufen geben.

An einem schönen Tag im Frühherbst, holte Erika Clementine mit dem Auto ab. Sie fuhren nach Bodendorf zum Wolleinkauf. Clementine hatte sich bereits ein schönes Muster ausgesucht, nun fehlte noch das passende Material um eine Jacke für ihren Freund Willi als Weihnachtsgeschenk zu stricken.

Unterwegs erzählte Erika ihr, dass ihre Schulfreundin Heidemarie mit ihrem Mann und ihrer Mutter am Ortsrand von Bodendorf in einem Haus mit großem Garten lebe. Die Mutter sei oft ein wenig schroff, da solle sie sich nichts draus machen, vielleicht bekämen sie die alte Dame auch gar nicht zu Gesicht.

Clementine kannte das alte Bodendorf sehr gut. Ihr Mann Hermann wohnte dort mit seinen Eltern, als sie sich kennen lernten. Nach ihrer Heirat wohnte Clementine mit Hermann zusammen in dessen Elternhaus. Damals standen am Sonnenhang noch keine Häuser.

Die Beiden kamen an und wurden gleich von Heidemaries Mann begrüßt. Er arbeitete mit einem jungen Mann zusammen im Garten. Dieser hieß Janosch und half seit kurzem, weil Jupp, Heidemaries Mann die Arbeit zu viel wurde. Janosch schaute nur kurz auf, als Jupp von ihm sprach, dann verschwand er.

Heidemarie öffnete die Haustür, begrüßte die Freundinnen und führte sie in ihr Wollstübchen das gleich neben dem Eingang war. Clementine hatte gar nicht erwartet, dass Heidemarie eine so große Auswahl an verschiedenen Qualitäten und Farben anbot. Eine graublau melierte Strickwolle fand ihr besonderes Interesse. Leider reichte das vorhandene Garn nicht für das von Clementine favorisierte Modell. Heidemarie bot ihr an, diese Wolle noch einmal so zu färben, es dauere aber einige Tage, bis sie abholbereit sei.

Clementine war einverstanden, sie wusste ja jetzt wo Heidemaries Haus war, da konnte sie auch mit dem Zug nach Bodendorf fahren um die Wolle abzuholen. Nachdem auch Erika ihren Wollvorrat ergänzt hatte, bot Heidemarie ihnen einen Heilkräutertrank an, den sie jeden Nachmittag für sich selbst zubereitete. Ihre Mutter und ihr Mann tranken nur koffeinfreien Kaffee, den mochte Heidemarie nicht, was Clementine und Erika verstehen konnten.

Sie saßen gemütlich in der kleinen Sitzgruppe und plauderten, als die Tür aufgestoßen wurde, eine alte Dame am Stock hereinhumpelte und wüste Beschimpfungen ausstieß.

Es dauerte eine Weile, bis Clementine begriffen hatte, dass Heidemaries Mutter, um diese handelte es sich, ihren Schwiegersohn meinte, der ihr offensichtlich nichts recht machen konnte. Heidemarie reagierte gelassen und wollte ihre Mutter beruhigen. Da beschuldigte diese ihre Tochter, sie stecke mit dem „Versager" unter einer Decke, sie sei auch gegen sie, überhaupt warte sie wohl nur darauf, dass sie endlich tot wäre. Erika und Clementine beachtete sie gar nicht. So plötzlich wie sie erschienen war, verschwand sie wieder. Heidemarie seufzte und entschuldigte sich für ihr Verhalten. Es würde immer schlimmer mit ihrer Mutter, seit sie vor zwei Jahren, nach einem Sturz, nicht mehr im Garten arbeiten könne, so sagte sie.

„Was hat sie nur gegen Deinen Mann, das ist doch eine Seele von Mensch", fragte Erika.

„Sie wollte ihn von Anfang an nicht und dass wir keine Kinder haben, verzeiht sie ihm auch nicht", antwortete Heidemarie.

Der Hausarzt diagnostizierte eine Depression bei ihrer Mutter und verschrieb ihr Medikamente, die sie sich aber weigerte zu nehmen. Sie behauptete, dass ihr Schwiegersohn nur auf ihren Tod wartete und den Gefallen täte sie ihm nicht, sie wolle ihn überleben.

Nach dem Auftritt der Mutter war Clementine froh, als sie sich auf den Heimweg machten. Erika setzte Clementine in der mittleren „Alte Straße" ab und fuhr nach Hause.

Hermanns Foto sagte Clementine: „Höck hann esch en rischtije aal Jeffsprizz kenne jeliert. Esch hann et jo off bedouet, dat esch ad su lang kejne mi hann, äwwe esu jätt wi die Aal wollt esch och net."

Eine Woche später rief Heidemarie an, Clementine könne ihre Wolle abholen. Clementine fuhr mit dem Zug nach Bodendorf und lief das kurze Stück vom Bahnhof mit ihrem Rollator bis zum Haus von Heidemarie. Sie hatte eben ihre Wolle eingepackt, als Heidemaries Mann in das Lädchen getorkelt kam und dann zusammenbrach.

Heidemarie versuchte ihm zu helfen und bat Clementine, den Notruf zu wählen, die ihrem Wunsch sofort nachkam.
Als die Sanitäter erschienen, ging es Heidemaries Mann sehr schlecht. Clementine verabschiedete sich, denn hier konnte sie nicht helfen und im Weg stehen wollte sie nicht.

Am kommenden Donnerstag traf Clementine in Kripp bei Erika zum Handarbeitsnachmittag ein. Sie erzählte Erika von ihrem Besuch bei Heidemarie und dem Zusammenbruch ihres Mannes. Erika antwortete ihr: „Der Jupp ist tot. Heidemarie hat mich gestern Abend angerufen. Die Polizei ermittelt wegen Vergiftung.

Verdächtigt werden Heidemaries Mutter und der junge Mann, den wir dort sahen, denn der koffeinfreie Kaffee, den der Jupp getrunken hat, enthielt ein Pflanzenschutzmittel, das die alte Dame vor ein paar Jahren gekauft hat. Sonst trank sie ja auch immer von diesem Kaffee, nur diesmal nicht. Auf der Flasche wurden ihre und Fingerabdrücke des jungen Mannes gefunden, allerdings auch welche von Jupp. Die Heidemarie ist fix und fertig, sie will den Laden aufgeben, das Haus verkaufen und wegziehen."

Ein paar Tage später fuhren Erika und Clementine erneut nach Bodendorf. Heidemarie machte Totalausverkauf.

Als sie ankamen, sagte ihnen Heidemarie, ihre Mutter habe einen Schlaganfall erlitten und sei ein Pflegefall, sie habe sie ins örtliche Heim geben müssen. Die ganze Sache habe sie doch sehr mitgenommen.
Janosch, den sie bei ihrem letzten gemeinsamen Einkauf kennen lernten, sei in sein Heimatland zurückgekehrt, denn Hauptverdächtige sei ihre Mutter.
Der junge Mann war zur in Frage kommenden Zeit mit einem Nachbarn in einem Gartencenter im Drachenfelser Ländchen.

Clementine war erschüttert, die Heidemarie hatte sich in den wenigen Wochen sehr verändert. Es war aber auch eine schlimme Sache, wenn die eigene Mutter den geliebten Mann umbrachte. Erika hatte ihr gesagt, der Jupp und die Heidemarie, dass sei nach wie vor eine ganz große Liebe.

Schwer bepackt gingen Clementine und Erika zum Auto, sie verabschiedeten sich draußen von Heidemarie, die ihnen sagte: „Ich mag nicht mehr in meinem Haus leben. Es ist mir zu groß und es erinnert mich immer sehr schmerzlich an meinen Jupp. Ich werde es verkaufen. Wenn ich hier alles erledigt habe, dann werdet Ihr von mir hören."

Drei Wochen hörten sie nichts von Heidemarie, dann sahen sie eine Todesanzeige in der Zeitung. Heidemaries Mutter war verstorben und bereits beigesetzt. Erika wollte Heidemarie anrufen, aber die Telefonnummer war nicht mehr erreichbar.

„Na, da bin ich mal gespannt wann und von wo ich etwas von der Heidemarie höre, sie will ja nicht in Bodendorf wohnen bleiben", meinte Erika.

Sie brauchte diesmal nicht lange zu warten. Am nächsten Tag wurde Heidemarie in ihrem Auto tot aufgefunden. Sie hatte sich die Pulsadern aufgeschnitten. Im Auto lagen einige Abschiedsbriefe, einer war an Erika gerichtet.
In diesem Brief schrieb sie, dass sie ihre Mutter mit dem Pflanzenschutzmittel vergiften wollte. Sie habe in deren Tasse etwas von dem Mittel gegeben. Die Flasche fasste sie mit Handschuhen an, um keine Fingerabdrücke zu hinterlassen. Ihr Mann habe unglücklicherweise die Tassen verwechselt. Ihre Mutter konnte sie nicht mehr ertragen, sich aber auch nicht gegen sie wehren. Sie versuchte noch einmal sie zu überreden, sich ärztlich behandeln zu lassen, was die

alte Dame aber strikt ablehnte. Als ihre Mutter die ärztliche Behandlung verweigerte, beschloss Heidemarie ihren Tod.

„Hermann, nu kuck doch ens aan, et es doch besse, wämme öndlesche Kaffe drink!"
War Clementines Kommentar zu diesem Fall.

Christels Geburtstagsfeier

An einem kalten, aber sonnigen Januartag, machte Clementine Weidenbrecher sich bereits des Mittags auf den Weg nach Kripp. Christel hatte zum Kaffee eingeladen, um ihren Geburtstag mit den Handarbeitsfreundinnen zu feiern.

Clementine ging zunächst zum Friedhof um das Grab ihres verstorbenen Mannes zu besuchen. Als sie den Friedhof verließ, sah sie auf einem Grundstück gegenüber, dass dort die Bäume geschnitten wurden.
Sie sah eine Weile zu und erinnerte sich, wie mühselig diese Arbeit vor fünfzig Jahren war, als sie ihre Haushaltslehre auf dem Bauernhof zwischen Rheinbach und Meckenheim absolvierte.

Den Baumschnitt führte ein Remagener Landwirt aus, bei dessen Frau Clementine im Frühling stets den besten Spargel im Hofladen kaufte, den sie jemals gegessen hatte.

Clementine ging weiter und dachte: „Wat freuen esch mesch op dat Fröhjohr, wenn et widde Sparjel un Erdbeere jitt".

Heute war sie froh, dass es wenigstens sonnig war, Schnee gab es auch in diesem Winter nur sehr wenig. Sie mochte den Winter nicht mehr. Als Mädchen oder junge Frau, da gefiel ihr jede Jahreszeit, aber mittlerweile wusste sie sonnige Wärme sehr zu schätzen.

Wie gern erinnerte sie sich an ihren ersten Urlaub, den sie mit Hermann am Bodensee verbrachte. Eine Hochzeitsreise konnten sie nicht machen, weil Hermanns Eltern damals noch Kühe und Schweine besaßen, die versorgt werden mussten.
Seine Mutter, die diese Arbeit sonst erledigte, war eine Woche vor ihrer Hochzeit gestürzt und humpelte am Stock während ihrer Feier. Für Hermann und Clementine war es selbstverständlich ihre Hochzeitsreise zu verschieben, um den Eltern zu helfen.

Einen Monat später traten sie bei regnerischem Wetter, ihren Campingurlaub am Bodensee an.
Als sie ankamen, schien dort die Sonne und ein leichter warmer Wind strich über Clementines nackte Arme. Das Gefühl von Glück, dass sie damals empfand, würde sie nie vergessen. Überhaupt war dies ihr schönster Urlaub. Wenn sie es sich so recht überlegte, dann war es die glücklichste Zeit ihrer Ehe.
Mit diesen Gedanken war sie bereits in Kripp angekommen

Christel besaß ein sehr schönes Haus. Es lag am Ortsrand von Kripp, zwischen Gärten mit viel Baumbestand. In den angrenzenden Gärten wurde das schöne klare Wetter ebenfalls zum Arbeiten genutzt.
Sie schaute sich noch einmal um, da entdeckte sie ihre Freundin Erika, mit der sie dann zusammen das Haus betrat. Karin und Brigitte, die anderen Frauen vom Handarbeitsclub, waren bereits anwesend.

Christel bat ins Esszimmer wo ein Kuchenbuffet auf sie wartete. Da gab es eine Obsttorte, einen Streuselkuchen und einen „Frankfurter Kranz".

„Wer hat denn diese tollen Kuchen gebacken?" fragte Erika, denn sie wusste, dass Christel nie selbst backte. Christel lachte verschmitzt: „Die habe ich mir von meinem Internetfreund liefern lassen. „Klausis Backstübchen", so nennt er seine Hobbybackstube. Wenn es Euch schmeckt, gebe ich Euch gern seine Telefonnummer. Der junge Mann stammt vom „Fronhof", einem Aussiedlerhof auf „Kirres".

Seine Mutter verkaufte Erdbeeren in der Remagener Innenstadt, die sie selbst auf Kirres anbaute.
Clementine erinnerte sich daran, dass sie mit ihrem Hermann in dem kleinen Hofcafé, dass es leider nicht mehr gab, auf dem Fronhof sehr leckeren Kuchen gegessen hatte.

Sie konnte selbst sehr gut backen, darum war sie Bäckerprodukten gegenüber oft ein wenig skeptisch, aber dieser Kuchen schmeckte wirklich sehr gut.
Brigitte meinte, den jungen Mann müsse man sich mal merken, sie backe auch nicht mehr so gern.

Christel hatte zwar zum Kaffee trinken eingeladen, aber so nach und nach packten alle fünf Damen ihre Handarbeiten aus. Schließlich waren sie ja ein Handarbeitsclub

Clementine saß an einem großen Fenster mit Ausblick auf eine Streuobstwiese. Dort hatte ein Mann eine Leiter an einem Baum angelehnt und stieg, mit einer Kettensäge in der Hand, die Leiter hoch. Eine junge Frau stand ein Stück entfernt und rief dem Mann etwas zu. Sie gestikulierte wie wild, dann erschien eine weitere, ältere Frau im Garten. Sie schüttelte nur den Kopf und ging wieder hinein. Die junge Frau blieb unschlüssig stehen, sie wusste offenbar nicht so recht, was sie machen sollte.

Christel bat Clementine das Fenster einen Augenblick zu öffnen, diese erhob sich und als sie den Fensterflügel öffnete, hörte sie die Kettensäge aufheulen, vernahm einen Schrei und sah den Mann von der Leiter stürzen.

Die Freundinnen eilten zum Fenster, denn sie hatten die Geräusche ebenfalls gehört. Sie sahen, wie die junge Frau auf den Mann zu lief und ein Mobiltelefon am linken Ohr hielt. Na, da wurde ja schon Hilfe geholt.

Christel kannte diese Nachbarn nicht, in dem Haus wohnten seit einigen Wochen junge Leute, vielleicht waren es Verwandte, die dort aushalfen.
Es dauerte auch nicht lange, da kam ein Krankenwagen, über den an das Grundstück grenzenden Feldweg, gefahren.
Die Freundinnen schauten immer wieder mal aus dem Fenster, langsam wurde es dunkel und der Krankenwagen stand immer noch da. Vielleicht war die

Verletzung ja nicht so schlimm und der Mann konnte im Auto behandelt werden.

Die Gespräche drehten sich jetzt nur noch um Unglücksfälle, die die Damen schon einmal erlebt oder von denen sie gehört hatten. Für Clementine war es keine angenehme Unterhaltung, dafür hatte sie in den letzten Jahren zu viel erlebt.

Der Krankenwagen war inzwischen abgefahren, das war das Einzige, was sie noch sehen konnten, denn inzwischen war es ganz dunkel geworden.

Erika bot Clementine an, sie nach Hause zu fahren, weil sie ohnehin noch zum Bahnhof fahren wollte um ihren Mann abzuholen, der von einer Reise zurückkam. Sie dankten Christel verabschiedeten sich und gingen zu Erikas Haus um dort in deren Auto zu steigen. Als Erika aus der Einfahrt fahren wollte, musste sie anhalten und zunächst noch ein Auto vorbeilassen. Es war ein Leichenwagen und er fuhr in Richtung Feldweg!

Die Beiden bekamen einen gehörigen Schrecken.

Als Erika sich wieder etwas gefasst hatte, fuhren sie los. Der Leichenwagen fuhr hinter ihnen her. Clementine war erleichtert, als sie an ihrer Haustür ankam.

Es hätte so ein schöner Nachmittag sein können, wäre ihr der Anblick des Leichenwagens erspart geblieben.

Zu Hermanns Foto sagte sie: „Spätestens morje fröh hät dat Chrestel schon erömtelefonert un jesaat wat los wo, su moot esch et add höck sehn".

Nun wollte sie ihren Freund Willi aber noch anrufen, sie musste noch mit ihm reden und ihm von diesem unangenehmen Erlebnis erzählen. Wenn sie mit ihm gesprochen hatte, dann ging es ihr immer gleich viel besser, denn Willis ruhige, besonnene Art tat ihr gut.
Aber Willi war nicht erreichbar.
Sie schrieb ihm eine SMS, da fiel ihr ein, dass er ja zu einem Freund nach Sinzig gefahren war. Dort traf sich einmal im Monat eine Herrenriege zum gemeinsamen Kochen.

Was konnte sie sonst tun? Fernsehen war nichts für Clementine, wenn sie ein unangenehmes Erlebnis hatte. Aber sie hatte doch den umfangreichen Brief von ihrer Kusine Cornelia noch nicht geöffnet. Sie berichtete ausführlich von einem Teneriffa-Urlaub mit ihrem Mann und den Enkelkindern, den sie nach Weihnachten antraten. Eine Menge Fotos hatte sie mitgeschickt und ausführliche Texte dazu geschrieben. So klang der Tag doch noch erfreulich für Clementine aus.

Am darauffolgenden Morgen rief Willi bereits früh an. Er teilte ihr mit, dass er im Radio von dem Unglücksfall in Kripp gehört habe und das die Polizei ermittele, weil man davon ausgehe, dass die Kettensäge nicht in Ordnung war.
Clementine sagte Willi, dass sie auch nicht gesehen habe, dass der Mann Schutzkleidung oder einen Helm aufgehabt hätte. Sie hatte den Eindruck, dass er das Übergewicht bekam, als er die Kettensäge anmachte.

Kaum hatte sie das Gespräch beendet, da rief Christel sie an, sie berichtete ihr, dass sie von einem Polizisten befragt wurde und angab, dass Clementine am Fenster saß und den Unfall auf der Wiese gesehen habe. Clementine könne damit rechnen, dass auch sie Besuch bekomme, denn Christel habe dem Polizisten ihre Adresse angegeben. Christel behielt recht, am späten Vormittag bekam Clementine Besuch von einem jungen Mann in Zivil, der sich auswies und sie nach dem Vorfall vom vergangenen Nachmittag befragte.

Clementine gab ihm ihre Notizen, die sie bereits nach dem Gespräch mit Willi schrieb. Darin hatte sie ja schon reichlich Übung. So lange sie allein war, konnte sie besser nachdenken, dann fielen ihr oft Einzelheiten ein, die sie in einem Gespräch vergaß. So war es auch diesmal.

Der Mann trug die Kettensäge in einer roten Sporttasche zu dem Baum. Clementine wunderte sich, als sie sah, dass er dieser Tasche eine Kettensäge entnahm. Von fachgerechter Aufbewahrung konnte nicht die Rede sein, genauso wenig wie von Schutzkleidung. Der Mann trug einen Pullover und eine Jeans. Auf dem Kopf saß eine Wollmütze. Wenn Clementine da an den Spargelbauern dachte, dann war das ein gewaltiger Unterschied, den dieser trug Schutzkleidung einen Helm und Handschuhe. Das Unglück hatte der Tote bestimmt selbst verschuldet.

Der ermittelnde Beamte war nicht so schnell von Clementines Theorie zu überzeugen, denn von der Frau, die Clementine nach dem Krankenwagen telefonieren sah und ihrer Tochter, der jungen Frau die in dem Haus mit ihrem Mann lebte, waren ebenfalls Fingerabdrücke auf der Tasche und dem Griff der Säge zu finden.

Der junge Ehemann war der Sohn des Toten. Es gab viel Streit mit dem alten Herrn, er wusste immer alles besser. Schutzkleidung habe er noch nie gebraucht polterte er, wenn sein Sohn ihn bat nicht so leichtsinnig mit der Kettensäge umzugehen.

Die Kette war nicht korrekt auf der Schiene montiert. Es ließ sich nicht nachweisen, wer da seine Hand im Spiel hatte. Die junge Frau sagte aus, sie habe die Tasche im Keller stehen sehen und geöffnet um sich den Inhalt anzuschauen, dabei habe sie den Griff der Säge angefasst. Ihrer Mutter, die dazu kam, hätte sie die Säge gezeigt und auch sie habe danach gegriffen.
Der Ehemann befand sich seit einer Woche auf einem Lehrgang, von ihm waren keine Fingerabdrücke zu finden.

Die Lebensversicherung des alten Herrn zahlte nicht, mit der Begründung: „Der Tod wurde fahrlässig selbst herbei geführt".

Aber das erfuhr Clementine erst viel später von Christel, der die Mutter der jungen Frau das Schreiben der Versicherung zeigte.

„Sisste Hermann su es dat, wämme nix mi dozo liere well un meint me könnt alles, me moß sech och addens beliere losse", waren Clementines abschließende Worte zu Hermanns Foto.

Eva und Klaus Kuschinsky

Binnen zwei Jahren veränderte sich Clementines Leben total. Hatte sie im ersten Jahr nach Hermanns Tod viel zu viel Zeit, führte sie heute einen Terminkalender. Das Wochenende verbrachte sie meistens mit Willi, dem Witwer ihrer Schulfreundin Inge. Sie telefonierten jeden Tag miteinander und sahen sich, wenn es Beider Terminkalender zuließ, auch mittwochs.

Der Montagvormittag gehörte weiter Bianca, ihrer Nachbarin, der sie seit einem Jahr half ihren Haushalt zu organisieren und etwas Leckeres zu kochen. Bianca hatte mit einem Kindergartenkind und knapp zwei jährigen Zwillingen genügend zu tun.

Clementine absolvierte nach ihrer Schulzeit eine dreijährige Ausbildung zur Hauswirtschafterin auf einem Bauernhof zwischen Meckenheim und Rheinbach.
Da fiel es ihr auch heute noch nicht schwer Bianca zu helfen. Zunächst verbrachten die Beiden jeden Vormittag miteinander. Aber bald war Bianca fit und Clementine hatte so viele andere Termine, dass sie sich auf den Montagvormittag einigten.

War sie vor zwei Jahren, als ihr Arzt ihr zu täglichen Spaziergängen riet, immer erst zu Hermanns Grab gegangen, so schaffte sie es heute nur noch dienstags nachmittags, wenn sie zu ihrer Lesegruppe ging.

Erika Eisenmenger, ihre Handarbeits-freundin vom Donnerstagnachmittag, traf sich dienstags im Neubaugebiet „Am Römerhof", mit Eva Kuschinsky und deren Nachbarinnen Irmtraut und Lieselotte zum Lesenachmittag. Clementine hatte sie einmal begleitet und weil ihr Eva Kuschinsky so sympathisch war und diese sie einlud, nahm sie nun jeden Dienstag an diesem Treffen teil.

Eva und ihr Mann Klaus stammten aus dem Ruhrgebiet. Als sie Rentner wurden, bauten sie in Remagen einen Bungalow, wo sie ihr restliches Leben verbringen wollten. Eva suchte eine Putzfrau und inserierte in der Lokalzeitung. Frau Reiferscheid, die bei Eisenmengers putzte, suchte eine weitere Stelle und meldete sich bei Eva. Sie erzählte ihr von Eisenmengers und dass Erika so toll handarbeiten könne. Eva wurde hellhörig, sie selbst konnte nicht gut handarbeiten, besaß aber einige Muster, nach denen sie gern Pullover gestrickt haben wollte.
Sie rief Erika an, traf sich mit ihr und es entwickelte sich zwischen beiden Paaren eine wunderbare Freundschaft. Auch wenn die Damen sehr unterschiedlich waren. Eva liebte elegante Kleidung, während Erika am liebsten Jeans und ihre selbstgestrickten Pullover trug, verstanden sie sich sehr gut.

Klaus sah Clementine nur selten. Wenn die Damen eintrafen, dann ging er zu Irmtrauds Mann und dem Mann der Lieselotte. Er war der Bastler, er las, wenn überhaupt, mal eine Zeitung, das reichte ihm. Mit den Männern von Irmtraud und Lieselotte, den beiden Kusinen, war es ähnlich.

Eine der Damen stellte ein Buch vor und las daraus. Eva und Lieselotte waren Krimiliebhaberinnen, für Irmtraud durfte es auch gern mal eine Biografie sein. Wenn Eva aus dem neuesten Eifelkrimi las, dann handarbeiteten die anderen Damen emsig und hörten zu. Anschließend diskutierten sie über den Text. Clementine las sehr selten vor, sie hörte lieber zu und handarbeitete dabei.

Die Zeit verging Clementine wie im Flug, auch wenn ihr manche Lektüre nicht gefiel, so waren es doch immer „Perlentage" für sie. In den letzten 10 Jahren ihrer Ehe hätten die „Perlentage" nicht einmal für ein Armband um Clementines schmale Handgelenke gereicht. Die Perlentage der letzten zwei Jahre dagegen ergäben schon mehrere Ketten, so überlegte Clementine, als Eva sie anrief und sich mit ihr an einem Montagnachmittag verabredete.

Die große, elegante Eva war eine dunkelhaarige, energische Person. Das Gegenteil von Clementine. An diesem Montagnachmittag bat Eva Clementine ihr Haus zu hüten, sie wollte am kommenden Wochenende mit ihrem Mann drei Wochen verreisen. Haus hüten, bedeutete in diesem Fall, sich um zwei Katzen kümmern, die kastriert waren, aber doch auf die Terrasse und das kleine Grundstück liefen um es sich anschließend auf der Couch gemütlich zu machen. Das hieß, es musste ständig eine Tür offenstehen, oder geöffnet werden. Eine Katzentür lehnte Klaus ab, weil er befürchtete, dass diese ungebetenen Gäste nützen könnte.

Clementine und die beiden Katzen, Lilli und Olli hatten sich längst angefreundet. Wenn Clementine handarbeitete, dann lag Olli zu ihren Füßen und Lilli so dicht bei ihr, dass sie nur mit Mühe weiterarbeiten konnte.

Weil die Katzen Clementine so sehr liebten, kam Eva auf die Idee Clementine zu bitten, diese und ihr Haus während des Urlaubs zu hüten. So kam es, dass Clementine nun schon einige Tage jeden Morgen erst zum Friedhof an Hermanns Grab und dann zu Kuschinskys Haus ging.

Olli und Lilli begrüßten sie gleich an der Haustür. Dann liefen sie voraus durchs Wohnzimmer zur Terrassentür. Clementine öffnete die Tür und raus waren die Katzenschwestern. Nun säuberte sie die Näpfe und das Katzenklo. Dabei warf sie einen Blick in den Garten, sie sah die Beiden an den Sträuchern entlang streichen. Aber warum quietschte jetzt die Terrassentür ein wenig, hatte sie vergessen sie festzustellen? Sie ging, so schnell sie konnte, ins Wohnzimmer, sah aber nichts. Sie wollte zurück zur Küche gehen, als sie ein Geräusch wahrnahm, dass aus dem Schlafzimmertrakt kam. Energisch schnappte sie sich ihren Rollator und schritt zu dem kleinen Flur, von dem die Schlafzimmer- und Badezimmertüren abgingen.

Sie riss als erstes die Badezimmertür auf, da stand eine junge Frau und erschrak, als sie Clementine sah. Es handelte sich um Frau Reiferscheid, die einmal in der Woche zum Putzen ins Haus kam. Clementine hatte zwar von ihr gehört, auch, dass sie bei Eisenmengers putzte, aber noch nie gesehen.

Die junge Frau brachte des Morgens ihre Kinder zur KITA, dann suchte sie anschließend ihre verschiedenen Putzstellen auf. An diesem Morgen war das Kuschinsky Haus dran.
Eva hatte zwar gesagt, sie brauche in der nächsten Woche nicht zu kommen, aber heute wollte sie ordentlich Hausputz halten, um dann anschließend frei zu nehmen.

Sie hatte die Mülltonnen rausgestellt und war dann über die Terrasse ins Haus gegangen. Offensichtlich störte es sie nicht, dass die Terrassentür offen war, sie hätte doch mal nachsehen müssen, überlegte Clementine. Aber nachdenken und Zusammenhänge erkennen gehörte nicht zu Frau Reiferscheids Qualitäten, stellte Clementine im Laufe des Vormittags fest.

Klaus Kuschinsky, ein begnadeter Elektroniker, hatte eine Werkstatt im Keller, die nun verschlossen war. Frau Reiferscheid bedauerte dies und fragte Clementine, ob sie denn wisse, wo der Schlüssel sei. Sie antwortete ihr, wenn der Herr Kuschinsky die Tür abgeschlossen habe, dann wolle er sicher nicht, dass jemand den Raum in seiner Abwesenheit betritt. Clementine hatte keine Ahnung wie die Geräte, die der

Klaus dort untergebracht hatte und auch selbst baute, funktionierten, aber dass man besser die Finger davonließ, dass wusste sie.

Während Frau Reiferscheids Anwesenheit, hielten sich die Katzen draußen auf, sie wollten mit der Putzerei nichts zu tun haben.
Clementine blieb, bis sie fertig war, ließ dann die Katzen rein und ging nach Hause.

Unterwegs überlegte sie, ob es nicht doch besser wäre, wenn sie in dem Haus übernachtete, wie Eva und Klaus meinten. Zum mindesten ab und zu mal.
Am frühen Abend ging sie wieder zu dem Haus, sie ließ die Katzen noch einmal raus, schaute in den Briefkasten und wunderte sich, wie viel Betrieb jetzt auf der Straße war. Es spielten Kinder draußen, die Eltern unterhielten sich. Überall sah man Menschen. Morgens ab neun Uhr bis mittags, war diese Ecke des Neubaugebietes wie ausgestorben.
Sie erinnerte sich, gehört zu haben, dass die Einbrüche in diesem Neubaugebiet meistens am Vormittag geschahen. Das wunderte sie jetzt nicht mehr. Kuschinskys waren vermutlich die einzigen Bewohner in diesem Teil, die auch vormittags anzutreffen waren.

Zu Hause angekommen, telefonierte sie mit Willi. Sie erzählte ihm von ihrem Tag und der Begegnung mit Frau Reiferscheid. Willi meinte, als er ihr eine Weile zugehört hatte: „Wenn die gute Frau so sorglos ist, dann solltest Du mal ganz gründlich nachschauen, ob es um das Haus Besonderheiten gibt, oder Dir irgendetwas auffällt, dass anders ist als sonst".

Wahrscheinlich hatte Willi recht. Sie packte eine Tasche mit den nötigsten Utensilien zum Übernachten und ging zurück zu Kuschinskys Haus.
Die Katzen waren sehr erfreut, dass Clementine wieder da war. Sie kuschelten eine Weile auf der Couch, als die Tiere unruhig wurden.

Der Klaus hatte an jeder Hausecke Lampen angebracht, die durch Sensoren ausgelöst wurden. Er hatte ihr gesagt, diese seien in achtzig Zentimeter Höhe angebracht, dass nicht jede durchlaufende Nachbarkatze das Licht anmache. Die Hausecken waren ebenfalls mit Kameras versehen. Klaus hatte Clementine erklärt, wie sie den Monitor an der Haustür einschaltete und dann die Bilder der einzelnen Kameras sehen konnte. Das tat sie jetzt. Sie konnte aber nichts erkennen. Gehört hatte sie auch nichts, warum mochten die Tiere so unruhig gewesen sein. Ob vielleicht doch ein Fuchs hierum schlich, wie Eva vor ein paar Wochen meinte?
Das wäre sicher eine Erklärung. Dass es Füchse im Stadtgebiet gab, wusste Clementine, auch wenn sie selbst noch keinen gesehen hatte.

Die Nacht verlief ruhig. Clementine wachte zwar mehrmals auf, es war eben nicht ihr Bett, da schlief sie am besten, fühlte sich aber am frühen Morgen ausgeruht.

Nach dem Frühstück, als sie die Katzen raus ließ, ging sie ums Haus und schaute sich jede Ecke genau an. Seltsam, da stand eine Tonne mit Regenwasser an einer Ecke, da war gar kein Zulauf vom Dach. Aber ein Kabel hing runter hinter der Tonne, das war eindeutig durchtrennt.

Clementine schaute sich weiter um. Das Kabel musste zu der Kamera gehören, die die Kellertreppe im Visier hatte. Da wollte sie doch mal schnell nach der Kellertür schauen.
Am Schloss der Kellertür waren Kratzspuren, da hatte wohl jemand versucht die Tür gewaltsam zu öffnen, war aber gescheitert. Der Klaus mit seinem Sicherungssystem war recht clever! Von der Nachbarschaft war diese Seite auch nicht einzusehen, da konnte jemand Tag und Nacht einbrechen.
Clementine ging ein wenig weiter und stellte fest, über die Tonne wäre es auch kein Problem in das Dachfenster einzusteigen.
Die Wohnräume waren zwar ebenerdig, aber es gab außer dem Keller einen Dachboden, auf dem die Kuschinskys einiges gelagert hatten, was im Keller keinen Platz fand.

Clementine beschloss, sich den Dachboden mal anzusehen, vielleicht war das Fenster nicht verschlossen. Tatsächlich, das Fenster war aufgehebelt, ließ sich aber nur einen Spalt öffnen. Sie schloss das Fenster und verriegelte es zusätzlich von innen. Klaus hatte ihr gezeigt, wie er das machte. Sie wunderte sich, dass dieses Fenster nicht verriegelt war. Sollte der penible Klaus dies vergessen haben, oder hatte Frau Reiferscheid das Fenster gestern geputzt und nicht richtig geschlossen? Dies erschien ihr wahrscheinlicher. Sie würde sämtliche Fenster und Türen einer genauen Prüfung unterziehen. Alle Fenster ließen sich ganz leicht öffnen, Frau Reiferscheid hatte kein Fenster abgeschlossen, vielleicht wusste sie gar nicht, wie das geht.

Die Schlüssel für die Fenster hatte Eva ihr mitgegeben, vielleicht besaß Frau Reiferscheid keinen, aber das hätte sie ihr doch sagen können.

Nachdem sie sich überzeugt hatte, dass nun alles fest versperrt und sämtliche Sicherungssysteme eingeschaltet waren, verließ sie das Haus und ging zu ihrer Wohnung.

Willi holte Clementine am Abend ab, sie waren zu einem runden Geburtstag eingeladen und da wollte Clementine anschließend in ihrem Bett schlafen, sonst gerieten die Katzen ganz durcheinander.

Es war ein schöner und lustiger Abend in Sinzig bei Willis Kochbruder Eberhard, der seinen 70. Geburtstag feierte. Clementine kannte Eberhard noch nicht. Willi erzählte oft wie lustig und gesellig er sei. Nun konnte Clementine sich selbst davon überzeugen. Sie hätte nie geglaubt, dass dieser vitale Herr bereits siebzig Jahre alt wurde. Seine Frau und er waren emsige Tänzer, nur rumsitzen und essen und trinken, war nichts für ihn und seine Frau.

Willi fuhr Clementine anschließend nach Hause und übernachtete bei ihr. Es war schon spät und er sehr müde.

Am folgenden Morgen frühstückten die Beiden gemütlich miteinander. Während des Frühstücks erzählte Clementine Willi von ihren Beobachtungen.

Willi war, was Elektrik und Elektronik betraf auch recht fit. Er hatte mit Klaus letzte Woche über sein System diskutiert. Eva lud Clementine und Willi mehrmals an einem Wochenende ein, damit sich Klaus und Willi auch kennenlernen konnten. Die Beiden verstanden sich gleich sehr gut, auch wenn Klaus kein Hobbykoch war, das überließ er lieber seiner Frau.

Nun begleitete Willi Clementine, um sich das herunterhängende Kabel anzusehen. Von allein war das sicher nicht gerissen und ein Tier kam da auch kaum in Frage.
Sie kamen am Haus an, es sah aus wie immer, aber als Clementine die Haustür öffnete, kamen ihr die Katzen nicht entgegen, so wie es sonst war. Olli und Lilli fand sie unter der Couch, total verstört. Da war doch etwas passiert! Clementine lief zu Klaus Arbeitszimmer, schaute auf den Monitor, sah aber nichts, außer, dass die Kamera an der Kellertreppe ausgefallen war, aber das war ja gestern schon der Fall, wahrscheinlich gehörte das herunterhängende Kabel zu dieser Kamera.

Willi erklärte ihr, dass die Kamera aber trotzdem unter Strom stände, auch wenn sie keine Bilder mehr liefere. Sie verstand das nicht ganz, hatte aber von diesen Dingen wenig Ahnung, wollte aber jetzt nachsehen, warum die Katzen so verstört waren.
Sie brauchten nicht lange zu suchen.

Aus der großen Regentonne, die jemand mit viel Mühe an die Ecke zur Kellertreppe geschafft hatte, übrigens mit Klaus Sackkarre, die sie jetzt auch noch dort vorfanden, ragte Füße heraus.

Clementine wählte den Notruf. Polizei und Rotes Kreuz trafen fast gleichzeitig ein. Der Mann in der Regentonne war tot, für das Rote Kreuz gab es nichts mehr zu tun. Er hatte versucht über die Tonne aufs Dach zu klettern und das Fenster zu öffnen. Dabei hatte er auf dem Tonnenrand keinen guten Stand, denn die Abdeckung der Tonne fehlte. Der Mann war abgerutscht, in die Tonne gefallen und hatte im Fallen nach dem Kabel gegriffen.
Willi sagte zu Clementine: „Das war so, als hätte jemand einen Föhn in der Badewanne benutzt".

Den Mann kannten die Polizisten, er war bekannt für kleinere Diebstähle, vielleicht wollte er diesmal mehr und das wurde ihm zum Verhängnis. Die Polizisten ließen den abholen. Sie sahen sich das Kabel an. Willi sicherte es, damit nicht noch mehr Unheil damit geschah.

Eva und Klaus brachen ihren Urlaub ab, als sie hörten, was geschehen war.

Dass sie in Clementine und Willi gute Freunde gefunden hatten, auf die sie sich verlassen konnten, war für sie das Gute an der Geschichte.

Am Abend, als Clementine wieder allein in ihrer Wohnung war, sagte sie zu Hermanns Foto:

Nä, leve Hermann, dat es nix, wenn die jong Löck do allein op einem Haufe wonnen. Et es et joot, wenn dat all jätt durchjemisch es, dann wonnt me et bess".

Klaus Kuschinskys Geburtstag

Clementine packte das Buch „Mörderische Speisen" von Ursula Trossen in ihre Tasche.
Es war Montagnachmittag, das hieß Lesen und Handarbeiten bei Eva Kuschinsky. Erika parkte ihren Wagen, als Clementine am Haus der Kuschinskys ankam. Lieselotte und Irmtraud, die befreundeten Nachbarinnen standen bereits bei Eva an der Haustür. Bevor sie zu lesen begannen, lud Eva sie zu Klaus bevorstehendem Geburtstag ein. Klaus wurde 66. Jahre und da wollte Eva ihm eine besondere Feier bereiten, hatte aber noch keine Vorstellung was es für ein Fest werden könnte, darum bat sie um Vorschläge.

„Ein Grillfest kommt am 9. November nicht Frage und eine Party mit Tanz ist auch nichts für Klaus", sagte Eva. Erika schlug ein festliches Essen mit einem besonderen Motto vor. Die Idee gefiel Eva, aber was für ein Motto? Lieselotte schlug vor ein Theaterstück einzustudieren und Klaus vorzuspielen. Vielleicht eine Komödie, in die man Klaus miteinbeziehen könnte. Eva war von diesem Vorschlag nicht sehr angetan. Sie meinte, Klaus habe sie einmal in ihrem Leben ins Theater mitgenommen, hinterher habe er gesagt, sie könne gern ins Theater gehen, aber ohne ihn. Irmtraud meinte, man könne auch im November grillen, es müsse doch nicht draußen sein, sie besäßen einen Tischgrill für drin und als besondere Überraschung könne sie ja so eine Torte bestellen, aus der dann eine Tänzerin herausspringe, das habe sie mal im Fernsehen gesehen.

„Bei meinem Mann springt niemand aus einer Torte, schon gar keine spärlich bekleidete Tänzerin", empörte sich Eva.
Clementine packte ihr Buch aus. Sie hatte es am Abend zuvor zu Ende gelesen. In diesem Buch ging es um ein festliches Essen, an dem zwanzig Personen teilnahmen, wovon zehn Personen kurze Zeit später an einer Lebensmittelvergiftung starben.

Das Buch schenkte Bianca Clementine, als Dank für ihren Kochunterricht. Sie hatte es von der Autorin, die in der Nachbarschaft ihrer Eltern wohnte, bekommen.

Clementine wollte Ursula Trossen besuchen und sie um einen Lesenachmittag im Haus Kuschinsky bitten. Diesen würde sie dann Klaus zum Geburtstag schenken, wenn Eva mit dem Vorschlag einverstanden war. Eva und die anderen Damen waren von der Idee begeistert!

Erika erkundigte sich, ob die mörderischen Speisen denn in dem Buch benannt wären, dann könne man die doch für den Geburtstag zubereiten. Clementine sagte, dass die Gerichte nicht nur benannt, sondern auch die passenden Rezepte in dem Buch als Anhang zu finden wären. Sie schlug das Buch auf und las die Rezepte vor.
„Das ist ja noch besser, der Klaus mag zwar keine Krimis lesen, aber im Fernsehen schaut er sie sich gern mal an und so ein Nachmittag und Abend wäre genau das richtige für ihn", freute sich Eva.

Es war beschlossene Sache, Clementine sollte am nächsten Tag Frau Trossen kontaktieren, wenn sie nicht vorlesen mochte, dann wollte Eva das Lesen selbst übernehmen.

Nun musste sie aber erst einmal wissen, um welche Speisen es sich in dem Buch handelte. Es waren eine Kräutersuppe, ein Fisch- und Salatteller, ein Entenbraten, ein Pilzauflauf und ein Nachspeisenteller mit verschiedenen Eissorten und Fruchtsoßen.
Erika sagte, sie wolle die Geburtstagstorte dazu liefern, denn die müsse doch an einem solchen Tag sein.

Eva notierte den Ablauf des Tages. Die Gäste sollten um fünfzehn Uhr zum Kaffee erscheinen, vielleicht kam die Autorin dann schon mit. Dann könnte sie ja anschließend im Wohnzimmer lesen, während im Esszimmer der Tisch für das Abendessen gedeckt und dekoriert würde.
Das Abendessen sollte um neunzehn Uhr serviert werden. Hoffentlich blieb die Frau Trossen so lange.
Anschließend sollte es ein gemütliches Beisammensein mit offenem Ende geben, Gesprächsstoff hätten sie dann ja reichlich.

Sie besprachen die Dekoration, da wollte Lieselotte für sorgen, das konnte sie gut. Irmtraud würde beim Kochen helfen, so versprach sie Eva.
Mit der Planung war der Nachmittag sehr schnell vergangen.

Als Clementine nach Hause kam, war früher Abend. Sie rief Bianca an und fragte nach Frau Trossen. „Mit der Frau Trossen ist meine Mutter befreundet, sie schreibt schon lange unter Pseudonym Krimis und Liebesromane für verschiedene Verlage, die diese Roman-Hefte herausbringen", so berichtete Bianca ihr. Der Krimi sei das erste Buch, das Frau Trossen geschrieben habe. Bianca fand, es sei eine tolle Idee, so einen Lesenachmittag zu verschenken, sie könne sich vorstellen, dass Frau Trossen da mitmache.

Am nächsten Morgen telefonierte Clementine, wie jeden Morgen erst mit Willi. Sie berichtete ihm von ihrem Vorhaben und was sie gestern beschlossen hatten. „Das wird aber ein toller Geburtstag, da freue ich mich jetzt schon drauf. Ich werde Eva mal anrufen, vielleicht kann ich die Ente braten", antwortete Willi.

Als nächstes rief Clementine Frau Trossen an, die Nummer nannte ihr Bianca am vergangenen Abend. „Einen Lesenachmittag in einem Privathaus, davon habe ich ja noch nie gehört, aber na klar, das probiere ich gern mal aus", war Frau Trossens Antwort auf Clementines Anliegen.

Sie wurden schnell handelseinig. Und, ja, Frau Trossen wollte schon zum Kaffee erscheinen. Damit sie nicht nur las und die Gäste stundenlang zuhören mussten, wollte sie sich ein Ratespiel ausdenken.

Als das Gespräch beendet war, rief Clementine zu Hermanns Foto: „Esch wo noch nie esu jespannt op ene Jebuutsdaach, dat wied noch jätt wäre"!
Da sollte Clementine recht behalten.

Ausgerechnet am 31. Oktober rief Frau Trossen Clementine an und fragte, ob sie sich treffen könnten, sie wolle ihr das Ratespiel mal zeigen.
Frau Trossen wohnte in Unkelbach. Sie schlug als Treffpunkt das italienische Café auf der Promenade vor.

Pünktlich um siebzehn Uhr traf Clementine im Café ein. Sie bestellte sich einen Kaffee und eine Flasche Wasser dazu, wie sie es immer tat. Frau Trossen verspätete sich ein wenig, da konnte Clementine sich erst einmal in aller Ruhe umsehen. Zwei Frauen, mittleren Alters saßen tuschelnd wie zwei Teenager, an einem Nachbartisch. Sonst war nicht viel los, bis auf einige Raucherinnen, die draußen vor den Fenstern saßen.

Schließlich sah sie eine dunkelhaarige Frau, etwa fünfzig Jahre, die auf das Café zusteuerte, dann aber kurz bei den Raucherinnen anhielt, weil diese sie begrüßten. Als sie das Café betrat und sich umsah, machte Clementine sich bemerkbar, denn sie war überzeugt, dass sie Frau Trossen sah. Es war die Autorin. Sie entschuldigte sich für ihr zu spät kommen, dann packte sie gleich ihre Tasche aus. Sie hatte Spielkarten gebastelt, die sie nun Clementine mit den

Worten: „Schauen Sie mal, so stelle ich mir den Nachmittag vor", reichte.
Um die Spielkarten hatte sie ein Din-A-4 Blatt gewickelt, auf dem sie die Spielregeln notiert waren.
Während Clementine sich die Karten und die Spielregeln ansah, bestellte Frau Trossen für sich Kaffee und Cognac.
Den Cognac trank sie sehr schnell und bestellte gleich einen neuen. Clementine fragte, ob sie nicht noch Auto fahren müsse, was Frau Trossen verneinte.

Die Karten zeigten die Speisen, die bei dem Essen serviert wurden und alle Personen, die teilgenommen hatten. Nun packte Frau Trossen noch eine große Deutschlandkarte aus, die sie auf dem Tisch entfaltete. Jeder Mitspieler bekam sämtliche Karten und dann musste er die passende Karte dort ablegen, wo der Gast verstorben war. Denn die Gäste kamen aus ganz Deutschland zu diesem Essen und starben an verschiedenen Tagen.
Aber wer hatte was gegessen und warum hatten zehn Gäste überlebt? Das sollte herausgefunden werden.

Da Clementine die einzige Person, außer Frau Trossen, sein würde, die das Buch gelesen hatte, wollte sie sich zurückhalten, bei der Feier. Aber hier im Café fand sie durch ihre Kenntnisse die Lösung sehr schnell. Es machte ihr trotzdem viel Spaß. Sie fragte, ob Frau Trossen das Spiel in den Verkauf bringen wolle; da antwortete diese, da habe sie noch nicht drüber nachgedacht, aber es sei eine gute Idee.

Clementine war noch in das Spiel vertieft, als Frau Trossen abrupt aufstand und sagte: „Ich muss dringend weg, mein Fahrer wartet auf mich". Dann packte sie schnell ihre Sachen zusammen, Clementine übernahm die Rechnung, dann gingen sie gemeinsam nach draußen.

Die Raucherinnen waren bereits gegangen. Clementine schaute auf ihre Uhr, es war ja bereits zwanzig Uhr. Sie verabschiedete sich von Frau Trossen die ein paar Meter Richtung Deichweg ging, als einige, gruselig verkleidete Gestalten auf sie zuwankten und Frau Trossen anrempelten und umzingelten. Es war ja Halloween!
Clementine beachteten sie nicht. Sie tanzten noch einmal um Frau Trossen herum, dann verschwanden sie in einer Gasse.
Clementine schaute ihnen hinterher, dann wandte sie sich wieder Frau Trossen zu und bemerkte, dass sie sich vorbeugte, als habe sie Bauchweh. Ein Auto rast heran, bremste abrupt vor Frau Trossen. Sie ging gebeugt zu diesem Wagen und stieg ein. Clementine kam ihr Verhalten etwas seltsam vor, sie selbst ging nach Abfahrt des Autos, unbehelligt nach Hause. Dort telefonierte sie mit Willi, er meinte, vielleicht sei die Frau verletzt worden, daran hatte sie noch gar nicht gedacht. Clementine könne ja mal hören, ob sie gut nachhause gekommen wäre. Das nahm sie sich für den nächsten Tag vor.

Am folgenden Tag, dem 1. November, wählte Clementine Frau Trossens Nummer, es meldete sich

aber niemand. Nun gut, es war ein Feiertag, da mochte Frau Trossen vielleicht nicht gestört werden.
Als sie auch zwei Tage später noch niemanden erreichen konnte, fragte sie bei Bianca nach. Diese erkundigte sich bei ihrer Mutter nach Frau Trossen.

Am 4. November erfuhr Clementine von Bianca, dass Frau Trossen wegen einer Armverletzung einige Tage im Krankenhaus verbringe.

Clementine wollte bis zum Montag, den 7. November abwarten, dann müsste sie mit Eva reden, wenn sie bis dahin nichts von der Autorin gehört hätte.
Am 7. November meldete sich Frau Trossen bei ihr. Als Clementine ihre Stimme hörte, dachte sie erst, es sei Eva, da fiel ihr erst auf, dass die beiden sich ähnlich sahen. Aber Frau Trossen war mindestens zehn Jahre jünger. Ob die Beiden sich sympathisch waren? Na ja, einen Nachmittag würde das schon funktionieren, Hauptsache der Frau Trossen ging es gut und sie kam.

An Klaus Geburtstag erreichten Clementine und Willi kurz vor fünfzehn Uhr Kuschinskys Haus. Eva öffnete, sie sah hinreißend aus. Ihr dunkles Haar hatte sie hochgesteckt. Sie trug ein schlichtes schwarzes Etuikleid und dazu eine wunderschöne Halskette, die Clementine noch nie an ihr gesehen hatte.
Der Kaffeetisch war bereits gedeckt und Erika war gerade dabei ihre Geburtstagstorte auszupacken.
Die Torte war etwas ganz Besonderes. Der untere Teil stellte einen Rasen dar, darauf stand ein Grill mit

Würsten und Fleischstücken. Das Dach über dem Grill wurde von Säulen gehalten. Oben war das Dach offen und ein Schornstein ragte hervor.

So eine Torte hatte noch niemand von ihnen gesehen. Klaus fotografierte von sämtlichen Seiten. Er wollte gar nicht glauben, dass Erika auch die Würste und das Fleisch aus Marzipan und Zucker, selbst hergestellt hatte. Nun war er sehr gespannt zu erfahren, wie diese Torte schmeckte.

Frau Reiferscheid, die Eva im Haushalt half, hatte ebenfalls einen Kuchen gebacken, den sie nun auf den Tisch stellte. Sie schaute sich Erikas dreistöckige Torte an, dann öffnete sie den restlichen Gästen und zog sich in die Küche zurück.

Mittlerweile war es fünfzehn Minuten nach der vereinbarten Zeit und außer Frau Trossen waren alle Gäste da. Eva entschied, dass ihr Mann nun seine Torte anschneiden solle und Frau Reiferscheid könne den Kaffee bringen, länger wollten sie nicht warten.

Frau Reiferscheid betrat das Esszimmer mit einer großen Kanne in der Hand, stellte den Kaffee ab, da klingelte es. Sie öffnete
Herein rauschte Frau Trossen, den Mantel drückte sie Frau Reiferscheid in die Hand. Sie hatte ihr dunkles Haar ebenfalls hochgesteckt, trug, wie Eva, ein schlichtes schwarzes Etuikleid auf dessen linker Seite eine handtellergroße bunte Brosche prangte.

Sie steuerte gleich auf Klaus zu und gratulierte ihm ganz herzlich zum Geburtstag und umarmte ihn. Der schaute nur verblüfft und stotterte: „D-danke".
Clementine sah, wie Eva die Augenbraue hochzog, dass tat sie immer, wenn ihr etwas nicht passte. Sie hatte Frau Trossen auch noch neben Klaus platziert. Ob Eva Clementine diese Frau jemals verzieh?

Helmut, Lieselottes Mann, saß auf Frau Trossens anderer Seite. Clementine sah, wie sehr Helmut sich um Frau Trossen bemühte. So viel hatte sie ihn noch nie reden gehört. Klaus war auffallend still. Er schien ein wenig verwirrt. Hoffentlich hatte sie mit dieser Frau nicht zu viel Unheil angerichtet. Von ihrem verletzten Arm war nichts zu sehen, oder die langen Ärmel des Kleides verdeckten die Blessur.

Es war Willi, der die Stimmung rettete. Er ließ das Geburtstagskind hochleben, dankte und lobte Eva, die dieses schöne Fest arrangiert habe.

Der Kuchen schmeckte hervorragend, aber zu viel wollte Clementine nicht essen, sie war doch sehr auf das Menü gespannt. Als Eva die Kaffeetafel aufhob, setzten sie sich ins Wohnzimmer. Frau Reiferscheid kümmerte sich um das Esszimmer, so dass Eva ebenfalls Zeit hatte Frau Trossen zu zuhören. Nun setzte Frau Trossen sich in Positur, Helmut saß zu ihrer linken und Klaus ihr gegenüber. Ihr sehr enger Rock rutschte hoch und Frau Trossen zeigte gekonnt ihre schönen Beine, die gleich die Blicke der anwesenden Herren auf sich zogen.

Sie las einige Kapitel bis die Gäste genügend wussten um nun das Spiel zu spielen.

Den 1. Preis gewann Eva, das war gut so, denn es war ein signiertes Exemplar, des Krimis „Mörderische Speisen" und ein Kuss der Autorin. Es wurde ein dezenter Wangenkuss, bei dem Eva wie zur Salzsäule erstarrt dastand.

Clementine atmete auf, war das ein Glück, dass keiner der Männer gewonnen hatte, vor allem Klaus nicht. Der Kuss wäre bestimmt nicht so dezent ausgefallen.

Willi gewann den 2. Preis. Es war eine Sammlung Liebesgeschichten. Auch diesen Preis überreichte Frau Trossen mit einem Kuss und einer Umarmung, die Clementine reichlich überflüssig fand.

Den 3. Preis gewann Erika, sie bekam eine Sammlung Krimikurzgeschichten und wurde ebenfalls umarmt. Nun verkündete Frau Trossen, sie habe einen Sonderpreis für das Geburtstagskind, das dürfe doch nicht leer ausgehen. Es war ihr Buch „Mörderische Speisen" und das Spiel dazu.

Sie küsste Klaus nur auf die Wangen, dann verkündete sie, ein wenig theatralisch, da die Hausherrin das Spiel ja so schnell aufgelöst habe, werde sie nicht mehr gebraucht. Sie packte ihre Sachen und verschwand. Kurz vorher hatte sie Clementine sehr diskret um das vereinbarte Honorar gebeten, dass diese ihr in einem Umschlag zusteckte.

Kaum war die Frau verschwunden, löste sich die angespannte Stimmung. Willi brachte es auf den Punkt, als er sagte: „Die Frau sorgt auch ohne Vorzulesen für Spannung, da freue ich mich jetzt aber auf das mörderische Menü in geselliger Runde".

Bevor Eva in die Küche ging, rannte sie auf die Terrasse und drehte eine Runde um das Haus. Dann war sie betrat sie ein wenig abgekühlt die Küche. Clementine ging hinterdrein, sie wollte sich bei Eva entschuldigen. Da aber die anderen Damen und Frau Reiferscheid ebenfalls anwesend waren, wurde nichts daraus.

Die „mörderischen Speisen" schmeckten der Geburtstagsgesellschaft hervorragend. Sie ließen Klaus und Eva hochleben und genossen den Abend, der sich sehr lange hinzog. Frau Trossens Auftritt war zwar immer wieder ein Thema, aber diesmal lachten sie darüber. Lieselotte, die für Klaus eine Komödie aufführen wollte, zeigte schauspielerisches Talent. Sie imitierte Frau Trossen so überspitzt, dass Eva laut lachen musste. Clementine fiel ein Stein vom Herzen!

So wurde es doch noch ein gelungenes Fest und ein lustiger Abend. Zum Abschied bedankte Eva sich bei Clementine, sie sagte: „Heute wurde mir mal wieder gezeigt, was ich für einen wunderbaren Mann habe, diese Frau hat ihn nicht reizen können, er weiß was er an mir hat". Clementine stimmte ihr erleichtert zu.

Da Willi bei Clementine die wenigen Nachtstunden verbrachte, dauerte bis zum folgenden Abend, bis Clementine Hermanns Foto berichten konnte.

Sie sagte: „Hermann, esch hann keine Krimi älääw, äwwe et jätt jood eine wäre könne, wenn die Trossens dat Eva noch mi jereiz hät.

Stadtführung

„Von Cäsar bis Caracciola" las Eva Kuschinsky auf einem Plakat, das an der Apotheke hing.
Sie wohnten ja nun schon einige Jahre in Remagen, wussten aber noch nicht viel über die Geschichte der Stadt. Clementine erzählte ihr, dass sie im vergangenen Jahr zum ersten Mal an einer dieser Stadtführungen teilnahm. Klaus, ihren Mann konnte sie wahrscheinlich nicht für eine Teilnahme begeistern, aber vielleicht hatte Clementine ja noch mal Lust mitzugehen.

Eva kam zu Hause an, stellte ihre Tasche ab und suchte ihren Mann. Klaus war im Garten, er baute einen schönen Grillplatz, der wie Eva fand, sehr groß ausgefallen war. Er plante für den kommenden Sonntag eine Grillparty. An diesem Sonntag wäre auch die Stadtführung, an der Eva teilnehmen wollte.

„Der Walter hat angerufen, er kommt am Sonntag mit seiner neuen Flamme", so begrüßte Klaus sie.
„Mit Willi und Bernd habe ich abgesprochen, dass sie mir am Sonntag helfen, da kannst Du Dir die Zeit mit Clementine und Erika vertreiben".
„Und was ist mit Irmtraud, Lieselotte und ihren Männern, die hast Du doch auch eingeladen?" fragte Eva.
„Ach, die Vier kommen doch erst um 18 Uhr, die kann ich für die Vorarbeiten nicht brauchen, aber sie bringen Getränke mit und die Damen haben noch etwas von Dessert erzählt, wofür sie sorgen wollen. Ich möchte Dich aber bitten, Dir zu überlegen, wie Du

meinen alten Freund Walter und seine Flamme beschäftigt. Denn die Damen, die er bisher so angeschleppt hat, waren so, dass wir die Zeit des Zusammenseins möglichst kurzhalten wollten."

„Ich kann ja an einer Stadtführung mit Ihnen teilnehmen. Die beginnt um 14 Uhr und wird sicher ein paar Stunden dauern", antwortete Eva.

„Das ist eine prima Idee, der Walter wollte eine Menge über Remagen wissen, da kann er sich ja umfassend informieren", meinte Klaus.

Eva telefonierte mit Clementine und erzählte ihr von diesem Gespräch mit ihrem Mann. Sie bat sie am Sonntag doch mit zu der Führung zu kommen. Clementine sagte zu. Willi half Klaus Salate zuzubereiten, da hatte der keine Zeit für sie, da konnte sie sich mit Eva und diesem Walter und seiner Freundin treffen. Eisenmengers konnten, zu Clementines Bedauern, nicht kommen.

Es war ein heißer Sonntag und Clementine beschloss bereits früher loszugehen und im Café am Bahnhof noch etwas zu trinken, bevor die Führung begann. Draußen waren alle Plätze belegt, aber im hinteren Teil des Cafés gab es einen Tisch für zwei Personen, der gerade frei wurde. Als Clementine Platz genommen hatte, sah sie draußen bereits einige Personen stehen, die wohl ebenfalls auf den Beginn der Führung warteten.

Plötzlich hielt ein Mountainbikefahrer mit Helm und bekleidet mit einer quietschgelben Fahrradmontur, neben einem unscheinbaren jungen Mann, den Cle-

mentine vorher nicht wahrgenommen hatte. Sie sprachen kurz miteinander, dann entfernte sich der Radfahrer wieder.
Nun sah Clementine den Stadtführer kommen. Sie zahlte und ging nach draußen. Ach, da kam ja auch Eva mit einem sehr großen, weißhaarigen Mann und einer Frau, die alle Blicke auf sich zog.
Sie war nur wenig kleiner als der Mann, trug bei der Wärme Stiefel bis zum Knie und Hot Pants. Lange, rotblonde Locken fielen ihr über die Schultern, die nur von den Spaghetti-Trägern eines silbern glänzenden Tops, bedeckt waren.
Sie trug nur wenig Schmuck. Die ganze Frau war eine atemberaubende Erscheinung.
Eva machte sie mit Walter und Priska, so hieß sie, bekannt. Clementine hatte den Eindruck, dass Priska sie gar nicht wirklich wahrnahm, denn sie schaute in die Richtung des jungen Mannes, der vorher mit dem Radfahrer gesprochen hatte.
Clementine fiel auf, dass der junge Mann die äußeren Flächen seiner Zeigefinger zusammenlegte und die Innenflächen der Daumen, so dass diese nach unten zeigten. Die Geste sollte wohl ein Herz darstellen.
Clementine lächelte und dachte: „Dat jeröön Jöngelsche zeisch esu ene Frau e Häzz, dä hät äwwe Mot!"
Sie war sich sicher, dass Priska die Geste gesehen hatte.

Nun war die Gruppe komplett und die Führung begann. Eva, Walter und Priska gingen gleich hinter dem Stadtführer, Clementine dahinter. Sie hatte den Eindruck, dass alle Drei den Ausführungen aufmerksam lauschten.

Während sie zum römischen Museum gingen, kam plötzlich der Mountainbiker angerast, es hätte nicht viel gefehlt und er wäre über Clementines Rollator gefallen. Er strauchelte, fing sich aber gleich wieder und verschwand.
„Was war das denn für ein ungehobelter Klotz?!", sagte Eva.
Clementine nahm an, dass er sich in der Stadt verfahren hatte und den Weg zum Rhein suchte.
Die Führung endete am Carraciola-Denkmal.

Walter lud die Damen ins Brauhaus ein, sie konnten draußen sitzen, da gerade ein Tisch frei wurde. Clementine saß mit dem Rücken zum Rhein, sie konnte den Fluss täglich sehen, sie gönnte den Gästen den schönen Ausblick. Priska zeigte sich von der Gegend begeistert. Sie sagte, sie sei noch nie weiter, als bis Bonn den Rhein hochgefahren.

Ein Radfahrer fuhr mit ziemlichem Tempo den Deichweg runter und über die Promenade. Clementine nahm noch eben so die quietschgelbe Fahrradmontur wahr, dann war er schon verschwunden. Ach, da war ja auch der junge Mann mit der Herzgeste. Er spazierte vor ihnen am Rhein entlang. Priska und seine Blicke trafen sich. Clementine wurde das Gefühl nicht los, dass die Beiden sich kannten. Na, das könnte aber Komplikationen geben, der Walter sah nicht

so aus, als ließe er sich etwas wegnehmen. Seine Gesten empfand Clementine als Besitz ergreifend.
Da lag Spannung in der Luft!
Ob Eva diese Spannung auch fühlte, konnte Clementine nicht bemerken.
Während sie ihre Getränke genossen berichtete Walter von seinen Geschäften und Investitionen, die er vielleicht auch in Remagen tätigen wolle, da sei es für ihn wichtig, die Stadt ein wenig kennen zu lernen.

Sie brachen auf, gingen die Fährgasse hoch und dann die Alte Straße in Richtung Neubaugebiet „Am Römerhof" wo Eva und ihr Mann wohnten. Clementine und Eva gingen vor.
Als sie am alten Friedhof ankamen, sagte Clementine: „Hier ist unser Bürgerpark "Alter Friedhof"". Sie ging seitlich und wollte noch etwas sagen, da raste dieser Mountainbikefahrer aus Richtung Kripp heran, Walter, der erst rechts von Priska am Bordstein ging, drehte sich mit Clementine zum Bürgerpark. In diesem Augenblick raste der Radfahrer auf dem Gehweg gegen Priska. Sie strauchelte und fiel hin. Der Radfahrer strauchelte ebenfalls, schwang sich aber gleich wieder auf sein Rad und war verschwunden.
„So ein Rowdy", schimpfte Walter und half Priska hoch.
Sie blutete am rechten Oberarm. Clementine nahm ein Stofftaschentuch und einige Papiertaschentücher, die sie rollte und mit dem Stofftaschentuch als Druckverband um Priskas Arm legte.
Eva fragte, ob sie nicht ins Krankenhaus wolle, aber Priska lehnte ab. So schlimm sei es nicht und sie müs-

se auch am Abend wieder in Düsseldorf sein. Sie wolle nur mal eben telefonieren und käme dann nach. Walter schaute sie mit einem flehentlichen Blick an, den sie aber nicht wahrzunehmen schien.

Das Telefonat dauerte tatsächlich nicht lange. Sie standen zu dritt an der Querungshilfe zur Seniorenresidenz als Priska sie einholte und einen fröhlichen Eindruck machte.

Kurz vor dem Haus von Kuschinskys sagte sie, sie wolle sich noch eben von Klaus und Willi verabschieden, dann führe sie nach Hause.

„Womit willst Du denn nach Hause fahren, wir sind doch nur mit meinem Wagen hier und ich wollte noch bleiben, aber wenn Du drauf bestehst, dann fahre ich Dich", antwortete Walter ihr.

„Nein, das brauchst Du nicht, Du hast Dich doch auf ein Wiedersehen mit Deinen Freunden gefreut. Ich habe mir bereits einen Mietwagen bestellt, der wird jetzt aus Bonn kommen", sagte Priska.

Inzwischen waren sie angekommen. Walters italienischer Sportwagen stand vor der Garage, er setzte sich rein und wollte den Wagen starten, aber der sprang nicht an, wieder und wieder versuchte er es, öffnete die Motorhaube und sah, dass sich wohl jemand an dem Motor zu schaffen gemacht hatte. Er fluchte leise vor sich hin. Dann telefonierte er nach einem Abschleppwagen.

Priska kümmerte sich nicht weiter um ihn, ging mit Eva ins Haus, während Clementine an der Tür stehen blieb.

Jetzt erschienen Priska, Eva und die beiden Männer ebenfalls an der Tür. Clementine ging mit ihrem Rollator zur Seite, da sah sie einen Mercedes mit Bonner Kennzeichen etwas oberhalb des Grundstücks halten. Priska verabschiedete sich auch von ihr sehr herzlich und stieg in den Mietwagen, der gleich losfuhr. Der Fahrer, da war sich Clementine sicher, war der junge Mann mit der Herzzeichengeste.

Walter telefonierte währenddessen weiter. Er schien fix und fertig zu sein. Da waren keinerlei herrische Gesten mehr, der Mann wirkte viel kleiner, weil er in sich zusammengesunken war.

Mittlerweile trafen auch Irmtraud und Lieselotte mit ihren Männern ein. Klaus bat Eva und Willi doch mit ihnen und Clementine schon in den Garten zu gehen. Er wollte Walter jetzt nicht allein lassen. Vom Garten konnte man ein wenig von der Straße sehen.
Der Abschleppwagen kam, der Sportwagen wurde aufgeladen und abtransportiert. Walter sah seinem schönen Auto traurig hinter her, er wirkte um Jahre gealtert.
Klaus bot Walter an, bei ihnen zu übernachten, aber er wollte nach Hause. Er bestellte ein Taxi und fuhr zum Bahnhof.

Kuschinskys und ihren Gästen war nicht mehr nach feiern zu mute. Die Einweihung seines schönen Grillplatzes hatte Klaus sich anders vorgestellt.
Irmtraud und Lieselotte gingen mit ihren Männern zuerst. Als sie weg waren, da erzählte Klaus Walter

habe ihm gesagt, die Priska habe in Düsseldorf einen Escort-Service, so habe er sie auch kennen gelernt. Er habe geglaubt, sie würde ihm zu liebe mit dem Geschäft aufhören, er habe doch Geld genug. Aber sie wollte nicht.

Clementine nahm sich vor nach diesem Wort zu suchen, sie hatte zwar schon eine Vermutung, was das sein könnte, da sagte Klaus: „Na ja, der Walter glaubt tatsächlich, dass er sich so eine Frau kaufen kann. Die wird mit ihren Begleitdiensten eine Menge Geld verdienen, denn die hat ja auch noch Angestellte". Aha, also Begleitdienst, hieß das. Da hatte Clementine schon von gehört.
Aber warum die Attacke von dem Radfahrer, sie glaubte mittlerweile nicht mehr, dass diese Rempelei Zufall war. Aber wem galt sie? Darüber diskutierten sie noch bis zum späten Abend. Würden sie das je erfahren?

Zwei Wochen später hörte Clementine von Eva, dass Klaus eine Todesanzeige von Walter bekommen habe. Er habe daraufhin Klaus Sohn kontaktiert, von dem er hörte, dass sein Vater erschossen wurde. Der Täter fuhr mit einem Mountainbike auf ihn zu, drückte ab und verschwand.
Es sollten noch einige Wochen vergehen, bis der Sohn wieder anrief und Klaus berichtete, dass der Schütze gefasst wurde.

Ein gemeinsamer Freund von Klaus und Walter kontaktierte Klaus und erzählte ihm von Walters Immobiliengeschäften. Er hatte schon mehrfach Häuser zu überhöhten Preisen verkauft. Verstand es aber so gut zu verhandeln, dass es bis jetzt immer glimpflich davongekommen war. Dem Schützen verkaufte er eine Immobilie, die sehr viele Bauschäden hatte und den Mann ruinierte, darum wollte er sich an Walter rächen.

„Dat han esch me doch jedaach, dat dä weldjewodene Radfahrer net dat Priska jemeint hät. Äwwe esch wöss doch jän op dä jonge Mann, dänn esch dumols och jesehn han do met dren häng. Die han sech doch jekannt", berichtete Clementine Hermanns Foto.
Sie grübelte noch lange über Priska und Walter nach und kam zu dem Schluss, dass dieser junge Mann bestimmt auf Priskas Gehaltsliste stand und sich vielleicht noch ein paar Euro dazu verdient hatte, in dem er dem Quietschgelben mitteilte, wo sich der Walter aufhielt.
Aber die Priska wusste sicher auch davon, denn die hatte sehr gelassen auf die Attacke am alten Friedhof reagiert.

„Jo, Hermann, su janz jenau wären esch dat bestemp net erfahre. Äwwe dat Priska, dat es en Frau, die vejiss me esu schnell net. Un dämm Klaus senge Jerillplaaz, denn don me morje enweihe un do hätte kejn Ouswärtije zo enjelade". Damit war dieses Kapitel für Clementine nun wirklich abgeschlossen.

Ein schwül-heißer Tag

An einem schwül-heißen Frühsommertag fuhr Clementine Weidenbrecher mit Erika und Bernd Eisenmenger, in Bernds schwerem Geländewagen, nach Köln zu einer Gerichtsverhandlung. Es ging um eine Straftat, die sie an einem kalten Januartag, miterlebt hatten.

Erika Eisenmenger gönnte sich mehrmals im Jahr ein Verwöhn Wochenende in einem Wellness-Hotel im Kölner Westen. Sie lud Clementine ein, mitzukommen, aber diese meinte, das sei doch nichts für sie.

Willi Küster, ihr Lebensgefährte, schenkte Clementine daraufhin ein Verwöhn Wochenende in diesem Hotel zu Weihnachten. Bernd fuhr die beiden Damen mit seinem großen Geländewagen zu dem Hotel, dann begab er sich zu einem Freund in die Nordeifel, auf Fotosafari. So hielt er es immer, wenn seine Erika dieses Hotel aufsuchte. Am Ende ihres Aufenthalts, Montagsmorgens, holte er sie wieder ab.

In dem Geländewagen war mehr Platz für Koffer und den Rollator von Clementine, als dies in Erikas Kleinwagen gewesen wäre.

Freitagsmorgens kamen sie an und genossen schöne und erholsame Stunden durch das Wellness Angebot in diesem Hotel.

Obwohl Clementine erst gar nicht dorthin wollte, verging ihr die Zeit wie im Flug. Sie wusste bisher nicht wie gut es tat, sich einmal verwöhnen zu lassen.

Gut erholt packte Clementine am Montagmorgen ihren kleinen Koffer, schwang ihn auf ihren Rollator und begab sich zum Empfang.

Beim Frühstück bat Erika sie, am Eingang auf sie zu warten. Nun stand sie mit ihrem Rollator und gepacktem Koffer vor dem Hotel und wartete auf Erika, die sich etwas verspätet hatte. Sie sah Bernd bereits mit seinem Geländewagen an der Schranke vorfahren, die den Parkplatz, der zu dem Hotel gehörte, sicherte.

Der Pförtner, Mitarbeiter eines Sicherheitsdienstes, öffnete und Bernd fuhr rein. Während er eine Runde drehte, um in Fahrtrichtung vor dem Eingang anzukommen, sah Clementine plötzlich einen dunkel gekleideten Mann, der sich an der Schranke zu schaffen machte. Der Pförtner rannte raus, es kam zu einem Handgemenge, der Mann zog eine Pistole und schoss den Pförtner nieder. Bernd parkte mittlerweile neben ihr. Er stieg aus, sie verständigten sich kurz, dann lief Clementine zurück ins Hotel und alarmierte die Empfangsdame. Erika lief aufgeregt auf Bernd zu, sie hatte den Täter ebenfalls gesehen, als sie das Fenster in ihrem Zimmer schloss. Der Mann fiel ihr auf, weil er sich zunächst hinter der Hecke duckte, die den Parkplatz umzäunte, dann hinter dem Auto ihres Mannes herlief, um so die Schranke zu passieren. Sie packte schnell ihre Sachen und lief zum Empfang, dort traf sie auf Clementine.

Der Überfall geschah, während sie die Treppe vom 2. Stock nach unten ging. Der Täter war verschwunden. Die Polizei und ein Krankenwagen trafen ein. Für das

Opfer kam die Hilfe zu spät, die Kugel traf die Halsschlagader. So plötzlich wie der Täter auftauchte, war er auch wieder verschwunden.

Die Polizisten sicherten Spuren und forderten Kollegen von der Kriminalpolizei an.

Bernd, Erika und Clementine packten ihre Sachen in Bernds Auto und begaben sich dann wieder in das Hotel. In einem kleinen Raum, neben dem Empfang wurden sie zum Tathergang befragt, weil sie die einzigen Zeugen waren. So wurde es später Nachmittag bis sie endlich nach Hause fahren konnten.

Der Täter, ein drogensüchtiger junger Mann, wurde einige Tage später gefasst.

Nun waren Eisenmengers mit Clementine an diesem schwül-heißen Tag nach Köln zu der Gerichtsverhandlung unterwegs. Es war erst acht Uhr und schon so drückend, dass mit Gewittern im Laufe des Tages zu rechnen war.

Der Geländewagen besaß eine Klimaanlage, das machte die Fahrt angenehm.

Sie kamen pünktlich an. Im Gerichtssaal war die Luft leider nicht so angenehm, so dass Erika mit Übelkeit zu kämpfen hatte.

Als Clementine den Angeklagten sah, konnte sie sich kaum vorstellen, dass dieses schmächtige Kerlchen, dass so harmlos aussah, der Täter sein sollte. Weder Erika, Bernd, noch Clementine erkannten in dem Angeklagten den Täter.

An diesem kalten Januarmorgen trug er eine schwarze Parka und eine Pudelmütze, die er tief in die Stirn gezogen hatte. Nun trug er eine blaue Jeans und ein weißes T-Shirt und wirkte, wie ein Schüler, der sich zufällig in den Gerichtssaal verirrte. Dieser Eindruck verschwand, als Clementine sein Vorstrafenregister hörte.

Er gab die Tat zu, behauptete, der Pförtner habe ihm öfter Drogen besorgt, die er sich an diesem Tag holen wollte, aber kein Geld hatte. Es wurden aber keine Drogen gefunden.

Die Pistole entriss er dem Pförtner, der eine Erlaubnis zum Führen dieser Waffe besaß. Eine Überwachungskamera zeigte aber Fotos, auf denen der junge Mann Tage zuvor, zu sehen war, wie er ein Päckchen von dem späteren Opfer in Empfang nahm.

Nach dem Eisenmengers und Clementine ausgesagt hatten, konnten sie den Gerichtssaal verlassen. Erika wollte nur noch raus an die frische Luft, die aber leider immer stickiger wurde. Sie eilten zum Auto, stiegen ein und Bernd fuhr mit ihnen nach Bonn zum Venusberg.

Es war mittlerweile Mittag und da gab es ein Hotel in dem Eisenmengers öfter zum Essen hinfuhren. Dort oben war die Luft weniger stickig, als in Köln, aber auch dort als andere als frisch. Im Restaurant war es angenehm kühl. Sie genossen ein vorzügliches Essen und Erika nahm noch einen Eisbecher als Dessert.

Clementine und Bernd beließen es bei einem Espresso.

Als sie das Hotel verließen, sahen sie in südlicher Richtung dunkle Gewitterwolken aufziehen.

„Wir fahren übers Drachenfelser Ländchen nach Remagen zurück. Mit dem Geländewagen ist das auch bei Regen kein Problem", meinte Bernd.

Er nahm am Steuer Platz und Erika setzte sich auf die Beifahrerseite. Clementine saß, wie vorher, hinter Erika. Sie fühlte sich in dem Wagen wohl, saß sie doch höher, als in Erikas Kleinwagen, wenn sie mit ihr fuhr.

Sie fuhren eine Weile, als es plötzlich heftig stürmte. Ihre Strecke war sehr waldreich, da wirkte es bedrohlich, wenn die Bäume sich so heftig bewegten.

Erika wurde übel, Bernd hielt auf der höchsten Stelle der Strecke an, dort war links eine Lichtung und rechts etwa zwanzig Meter abgeholzt. Die Stämme lagen fest verstaut auf einem Traktoranhänger, der in ein paar Metern Entfernung auf der gerodeten Fläche stand. Dort konnte Bernd anhalten ohne den nachfolgenden Verkehr, der sehr spärlich war, zu gefährden.

Erika stieg aus und übergab sich. Clementine reichte ihr eine kleine Wasserflasche, damit sie ihren Mund spülen konnte. In diesem Moment begann es mit dicken Tropfen zu regnen. Es war, als wäre die Wolke geplatzt. Blitze zuckten und es donnerte. Clementine stieg schnell wieder in das Auto und Erika schaffte es ebenfalls noch, die Tür zu schließen, als es einen Knall gab und eine große Fichte auf den Anhänger mit dem Holz fiel. Die Baumkrone bedeckte den Geländewagen, in dem sie saßen. Einige Meter weiter schoss Wasser den Hang hinab und trieb Baumstämme mit, die nun die Straße versperrten.

Sie waren im Auto eingesperrt. Hinter ihnen sah es auch nicht besser aus. Bernd wählte den Notruf über sein Smartphone.

Nach einer gefühlten Ewigkeit, die höchstens fünfzehn Minuten dauerte, wie Clementine mit einem Blick auf ihre Uhr feststellte, erschien die Feuerwehr und ein Polizeiauto.

Die Polizisten sperrten die Straße, damit die Feuerwehrleute arbeiten konnten.

Es hatte aufgehört zu regnen. Das Gewitter war vorbei und die Luft wunderbar klar.

Als sie endlich von dem Geäst befreit waren, inspizierte Bernd mit einem Polizisten sein Auto. Bis auf ein paar kleine Kratzer im Lack, die von der Baumkrone stammten, war alles in Ordnung. Da konnten sie wirklich aufatmen. Der Anhänger hatte die volle Wucht durch den stürzenden Baum abbekommen.

Bald war die Straße wieder frei. Sie bedankten sich bei den Helfern und fuhren nach Remagen. Bernd meinte, da müsse er den Garten nicht mehr gießen und seine Regentonnen seien bestimmt voll. Aber in Remagen hatte es kaum geregnet.

Als Eisenmengers Clementine vor ihrer Wohnung in der „Alte Straße" absetzten, begann ein schöner Sommerabend, den Clementine allein auf ihrem Balkon beschließen wollte.

Mit Willi war sie erst am nächsten Tag verabredet, da brauchte sie ihn bei seinem Männerabend nicht zu stören.

Sie schloss ihre Tür hinter sich und sagte im Vorbeigehen zu Hermanns Foto: „ Nä, wat wo dat ene Daach, do bruch esch net mi von. Äwwe, wat schlech aanfäng, dat moß jo net schech ende", nahm sich ein Glas Wein und prostete Hermann zu.

Herbstsonne

Willi stellte sein Auto in der Nähe von Clementines Wohnung ab und ging mit ihr zu Fuß zur Promenade. Dort war er mit Andreas Engel, einem alten Freund verabredet. Die beiden waren in ihrer Kindheit und Jugend aktive Fußballer.
Andreas zog aus beruflichen Gründen und der Liebe wegen nach Süddeutschland. Beruflich fühlte er sich wohl in Stuttgart. Die Liebe erwies sich als nicht dauerhaft.
Nun war er Rentner und hatte den Kontakt zu Willi wiederaufgenommen. Sie hatten sich vor dreißig Jahren zum letzten Mal gesehen und Willi war nun gespannt, wie Andreas aussah. Er hatte ihn als dunkelhaarigen, schlanken Mann in Erinnerung. Vielleicht musste er jetzt nach einem grauhaarigen suchen.
Clementine fragte, ob sie nicht mal Fotos inzwischen ausgetauscht hätten, denn Willi konnte doch mit dem Computer Fotos versenden. Sie hatte keine Ahnung von diesen Dingen, aber Willi meinte, sie müsse sich auch mal einen PC zulegen. Neugierig war Clementine schon, aber bis jetzt traute sie sich noch nicht ran.

Willi ließ einen Tisch beim Italiener am Caracciola-Platz reservieren und teilte dies dem Andreas mit.
Beim Betreten des Lokals wurden sie zu ihrem Tisch geleitet. Dort saß ein weißhaariger, braungebrannter Mann, der Clementine an den Schauspieler Mario Adorf erinnerte. Er begrüßte sie sehr herzlich und fragte dann, warum sie drin essen sollten, die Herbstsonne sei doch so schön.

„Als ich den Tisch reservieren ließ, wusste ich das nicht", antwortete Willi.
„Wir können ja hier essen und dann setzten wir uns in die Sonne und trinken noch etwas".
Mit diesem Vorschlag waren alle drei einverstanden.

Das Essen war lecker und die Stimmung der beiden Männer hervorragend. Clementine beschränkte sich aufs zu hören, das konnte sie gut und oft verstand sie dann viel mehr, als wenn sie sich an der Unterhaltung beteiligt hätte.
Es war nicht so, dass sie Andreas unsympathisch fand und seine Erzählungen aus der gemeinsamen Jugend mit Willi, ließen keine Rückschlüsse auf Kommendes Unheil zu. Trotzdem fühlte Clementine sich zunehmend unbehaglich. Vielleicht wurde es besser, wenn sie erst einmal in der Herbstsonne waren.

Als hätte Andreas ihre Gedanken lesen können, schlug er vor, den Espresso, den sie bestellt hatten draußen zu trinken. Sie fanden einen schönen Tisch der gerade frei wurde. Tatsächlich fühlte Clementine sich in der warmen Herbstsonne nicht so beklommen. Ein gewisses Misstrauen hatte sich aber eingeschlichen, die beiden Männer merkten nichts davon. Clementine hatte in den vergangenen Jahren so viel erlebt, da spürte sie manchmal Unheil, konnte aber nicht sagen, aus welcher Richtung es kommen würde. Wenn sie aber hörte, was der Andreas schon alles hinter sich hatte, dann war es kein Wunder, dass sie Unheil witterte.

Willi schlug Andreas nun einen kleinen Verdauungsspaziergang vor, dann wollte er ihm einmal zeigen, wie sehr Remagen sich verändert hatte. Auch wenn Willi nicht mit allen Veränderungen einverstanden war, sah er durchaus auch vieles Positive.
Andreas wollte aber nicht nur einen kleinen Verdauungsspaziergang, er wollte bis ins Fuchsloch hochlaufen und sehen, wo Willi zu Hause war.

Clementine verabschiedete sich von den Beiden, sie meinte, sie hätten sich doch noch so viel zu erzählen, da störe sie. Sie bummelte gemütlich zu ihrer Wohnung zurück, setzte sich auf den Balkon in die schöne Herbstsonne und strickte an Willis Jacke, die sie ihm zu Weihnachten schenken wollte. Hier fühlte sie sich wieder richtig wohl, je weiter sie sich von den Beiden entfernt hatte, desto mehr ließ die Bedrückung, die sie nach dem Essen empfunden hatte, nach. So saß sie zwei Stunden in der Herbstsonne.

Nun ging die Sonne langsam unter und auf dem Balkon wurde es Clementine zu kühl. Sie betrat ihren Wohnraum, da klingelte ihr Telefon.
Willi rief an, sie wären auf dem Rückweg zur Promenade, Andreas wollte zur „Wacht am Rhein" und dort noch etwas essen und die Schiffe in der Dämmerung sehen. Dann bat er Clementine auch zu kommen. Clementine versprach zu kommen. Sie packte ihre Tasche, nahm noch eine warme Jacke aus dem Schrank und ging los.

Der Abend in dem Lokal verlief sehr harmonisch. Clementine wurde mehr in die Gespräche der Männer einbezogen und hier hatte sie auch nicht dieses beklemmende Gefühl vom Mittag.

Andreas konnte sich gar nicht satt sehen, an den Lichtern und den Schiffen. Langsam zog leichter Nebel auf. Clementine war froh, dass sie eine warme Jacke mithatte, denn jetzt schlug Andreas noch einen letzten Spaziergang zum Denkmal von Rudolf Caracciola vor, dann wollte er sich verabschieden.

Als sie auf der Promenade standen, fühlte Clementine, wie feucht der aufziehende Nebel war. Den Männern schien das nichts auszumachen.
Sie liefen ein ganzes Stück voran, während sie erst einmal ihre Jacke anzog und bis zum Hals schloss. Clementine stand an der Häuserzeile, als sie plötzlich ein Auto wahrnahm, dass aus Richtung Deichweg über die Promenade fuhr. Am Denkmal des Großvater Caracciola, auf dem gleichnamigen Platz, konnte Clementine Willi und Andreas noch so eben durch die Nebelschwaden sehen. Sie sah, wie das Auto neben den Männern ganz kurz anhielt, dann hörte sie Schüsse und der Wagen raste durch die Fährgasse davon. Clementine eilte so schnell sie konnte zum Tatort. Mit ihr trafen noch einige Menschen dort ein, ein Arzt, der als Gast im Brauhaus saß, als die Schüsse fielen, leistete Erste Hilfe.
Willi hatte einen leichten Schock, sonst war ihm nichts passiert. Andreas wurde sehr schnell ins Krankenhaus transportiert, die folgende Notoperation

überstand er nicht. Eine Kugel hatte eine Arterie zerfetzt. Aber das erfuhren Willi und Clementine erst viel später.

Clementine wunderte sich, wie viele Menschen plötzlich auf der Promenade waren und alles Mögliche gesehen hatten. Sie hatte ja nicht einmal das Kennzeichen des Autos richtig erkennen können.
Willi und sie wurden über die Gespräche, die sie mit Andreas geführt hatten von der Polizei befragt. Clementine erinnerte sich, dass Andreas erzählt hatte, er gehöre einem Motorradclub an und mache auch immer noch Ausfahrten mit den Leuten.
Näher äußerte er sich nicht dazu, aber Clementine wusste plötzlich, dass dies der Moment war, an dem ihr Unbehagen begann.

Andreas hatte kurz vorher die Toilette aufgesucht und als er zurückkam eine Bemerkung über: „Menschen, die man nicht wiedersehen will", gemacht.
Wen er meinte, hätte Clementine nicht sagen können, aber vermutlich saß an einem der Tische auf seinem Weg jemand, den er nicht mochte. Willi fragte ihn, ob er noch ein Motorrad habe und da antwortete er, mit dem Hinweis auf den entsprechenden Club, einem schrägen Lächeln, er habe noch mehrere und dem Udo-Jürgens-Song: „Mit 66 Jahren, da fängt das Leben an." Der Hinweis auf den Motorrad-Club fand das Interesse des ermittelnden Beamten.

Willi war nicht in der Lage von ihren Gesprächen zu berichten.

Die Polizisten vereinbarte ein Treffen für den nächsten Tag in Clementines Wohnung. Sie ging mit Willi nach Hause und bot ihm an, die Nacht in ihrem Gästezimmer zu verbringen. Willi war ihr dankbar für dieses Angebot, denn er mochte jetzt nicht allein sein. Zu seinen Nachbarn Ute und Uwe, die seinen Hund Bello übernommen hatten, wollte er jetzt nicht gehen. Mit Clementine konnte er über den Tathergang reden oder auch schweigen.

In der Wohnung angekommen, begab Clementine sich in ihre Küche um Kaffee zu kochen. Willi legte sich auf die Couch im Wohnzimmer und als Clementine ihm einen Kaffee servieren wollte, schlief er. Clementine nahm eine Wolldecke, legte sie über Willi und ging zu Bett.

Am frühen Morgen wachte Clementine auf, sie hatte ein Geräusch in ihrem Wohnzimmer gehört. Willi war aufgewacht und hielt auf dem Balkon Ausschau nach den ersten Sonnenstrahlen.
Beim gemeinsamen Frühstück begann Willi vom vergangenen Tag zu reden. Er erzählte, Andreas habe ihm gesagt, von seiner zweiten Ex-Frau hätte er einen 30jährigen Sohn, entweder der oder seine Mutter ließen ihn beschatten.
Beim Mittagessen sah er einen Mann, mit dem Mutter und Sohn Kontakt hätten.
Sein Sohn sei in Kreise geraten, die ihm nicht gefielen.
„Ach", sagte Clementine: „Der hat doch auch was von einer Sozia erzählt, mit der er die Route 66 im nächsten Jahr fahren will."

„Andreas und die Frauen, das ist ein Kapitel für sich", antwortete Willi.

Nach dem Frühstück nahm Clementine Block und Kuli, dann machte sie Notizen. Als die Polizisten kamen, konnte sie ihnen so Einiges erzählen, dass Willi und ihr im Laufe des Morgens eingefallen war.

Von dem Sohn wussten die Beamten schon. Andreas hatte ein Foto, das ihn mit einem jungen Mann zeigte in seiner Brieftasche. Auf der Rückseite notierte er: „Mein Sohn Kevin und ich." Es befanden sich auch Notizen über Zahlungen an den Sohn in der Brieftasche. Die letzte Zahlung fand vor etwa einem Monat statt. Vielleicht war hier ein Motiv zu finden.
Allerdings saß Kevin Engel zurzeit in Haft, er kam als Täter nicht in Frage. Seine Mutter befand sich nach einer Operation in einer REHA – Einrichtung in Süddeutschland und hatte diese am vergangenen Tag nicht verlassen.
Von einer „Beschattung" wussten die Beamten noch nichts, wollte dieser Aussage aber nachgehen.
Die Beamten verabschiedeten sich, Clementine begleitete sie zur Tür. Auf ihrem Weg zurück ins Wohnzimmer hörte sie Willi telefonieren. Es war kein langes Gespräch.
Beate Poller, Andreas Sozia, hatte Willi angerufen. Sie war über Andreas Besuch in Remagen informiert und bat Willi um ein persönliches Gespräch. Willis Handynummer gab Andreas ihr, mit der Bemerkung: „Für alle Fälle".

Sie war benachrichtigt worden, weil in Andreas Brieftasche ein Hinweis zu finden war, wer zu benachrichtigen sei, wenn ihm etwas zu stoße. Mit der Polizei hatte sie bereits Kontakt, so sagte sie.

Willi wollte die Frau nicht allein treffen, er bat Clementine mitzugehen. Nun saßen die Beiden in einem Café am Bahnhof und warteten auf die Frau. Nach zwei Stunden und einigen vergeblichen Versuchen von Willi, sie zu erreichen, gingen sie wieder zu Clementines Wohnung.

Am Abend fuhr Willi mit seinem Auto zu seinem Haus im Fuchsloch. Da es weiter so sonnig bleiben sollte, hatten sie sich für den kommenden Freitagnachmittag zu einem Herbstspaziergang verabredet.

Den Donnerstagnachmittag verbrachte Clementine wieder mit ihrem Handarbeitsclub in Kripp.
Als sie nach Hause kam, rief Willi an. Er hatte einige Neuigkeiten. Der Anwalt von Beate Poller teilte ihm mit, dass diese in Untersuchungshaft wäre. Sie würde beschuldigt, den Mord an Andreas Engel veranlasst zu haben. Der Anwalt suchte nun Zeugen, um seine Mandantin zu entlasten.
Willi hatte ihm gesagt, alles, was er zu diesem Fall zu sagen hätte, sei ja bereits aktenkundig. Von Clementine hatte der Anwalt nicht gesprochen wahrscheinlich wusste er nichts von ihr, denn Willi hatte Clementine auch der Beate Poller gegenüber nicht erwähnt. Sie hätte ihm auch nichts Anderes berichten können, als sie bereits ausgesagt hatte.

Am nächsten Tag einem schönen sonnigen Freitag, spazierte Willi mit Clementine über „Kirres". Er berichtete ihr bei diesem Spaziergang von seinen Recherchen, die Beate Poller betreffend. Im Internet hatte er einen fünf Jahre alten Zeitungsartikel gefunden, der von einem Prozess in Ludwigshafen handelte. Der Angeklagte hieß Thomas Vögele, er hatte den Lebensgefährten der Beate Poller erschossen. Beate und einige Mitglieder des Motorradclubs, denen der Getötete angehörte, sagten aus, er habe in Notwehr geschossen. Die Waffe gehörte dem Opfer, er habe sie ihm entwenden können, dabei habe sich ein Schuss gelöst.

Es gab auch ein Foto zu diesem Artikel, auf dem weder die Beate Poller noch der Thomas Vögele gut zu erkennen waren.

Aber Willi wollte nun mehr wissen, nach einigen Stunden intensiver Suche, fand er ein Foto von einem Oldtimer-Treffen vom vergangenen Sommer, da standen Beate Poller und Thomas Vögele gemeinsam vor einem seltenen amerikanischen Straßenkreuzer. Er hatte das Foto ausgedruckt und zeigte es Clementine, sie schaute es sich an und rief:

„Das Pärchen saß doch ganz hinten beim Italiener, die habe ich doch beim Reinkommen gesehen!"

Sie beendeten ihren Spaziergang und Willi rief die Nummer an, die ermittelnden Beamten ihnen gaben. Clementine hatte das Paar richtig erkannt. Der Beamte wusste bereits, dass die Beiden Andreas hinterher gereist waren.

So nach und nach erfuhren Clementine und Willi, durch dessen Recherche, dass Beate Poller und Thomas Vögele ein Paar waren, aber nicht wollten, dass Andreas weiter Zahlungen an seinen Sohn leistete. Er sollte Beate Poller finanziell unterstützen, die hoch verschuldet war.

Seit einigen Wochen zahlte Andreas nicht mehr, weil er sich ein sehr teures Wohnmobil gekauft hatte, da beschloss das Pärchen ihn umzubringen. Beate fuhr das Auto und Thomas schoss.

Als ihnen dies Alles bekannt war, sagte Clementine eines Abends zu Hermanns Foto:

„Nä, nä, Hermann, do kannste doch ens sehn wat dä Andreas von senge janze Liebschafte hät, e es dut".

Der Computerkurs

Willi hatte einen Vetter, der in Kanada lebte und den er schon einige Male besuchte. Kurz vor dem gewaltsamen Tod seiner Frau Inge, war eine Reise geplant, die er allein aber nicht antreten mochte. Stattdessen zog er sich für sechs Wochen in ein Kloster nach Bayern zurück. Diese Zeit und die Freundschaft mit Clementine halfen ihm sehr. Nach dem Ableben seiner Schwester Elisabeth verbrachte er wieder einige Zeit in diesem Kloster. Nun wollte er aber noch einmal nach Kanada reisen. Er wäre gern mit Clementine gereist, doch die wäre nie in ein Flugzeug gestiegen.
Sie gönnte Willi die Reise und hoffte, dass er heil zurückkam. Nun war Willi abgereist.

Clementine hatte mit Karin, ihrer Handarbeitsfreundin mal über einen Computerkurs gesprochen, den sie besuchen wolle. Karin erzählte ihr von einem Rentner, der „Hinterhausen", der Straße zwischen Krankenhaus und Bergstraße, wohne. Sie habe bei ihm sehr viel gelernt, weil er sehr geduldig sei und nicht auf die Zeit achte. Er betreibe den Unterricht auch nicht regelmäßig, nur auf Anfrage. Als Bezahlung verlange er nichts, freue sich aber über eine gute Flasche Wein.
Karin fuhr mit Clementine zu diesem Rentner, um ihm diese vorzustellen.
Sie kamen an und ein kleiner weißhaariger Mann öffnete ihnen die Tür. Er bewegte sich mühselig mit seinem Stock vorwärts. Als er Clementines Rollator sah, sagte er in einem nicht sehr freundlichen Ton:

„Das Ding werden Sie doch wohl nicht in meine Wohnung mitnehmen wollen?"

„Nein", antwortete Clementine: „Ich benötige ihn nur bei längeren Wegen, innerhalb eines Hauses zu meinem Glück noch nicht."

Sie dachte: „Dieser Methusalem täte selbst gut daran einen Rollator zu benutzen, dann müsste er nicht mit dem Stock balancieren."

Im Haus sah es fürchterlich aus!

Bei der Unordnung wusste Clementine kaum wie sie gehen sollte. Überall standen Kartons und gelüftet wurde sicher auch nicht regelmäßig. Sie hielt sich an der Tür zu dem Raum fest, in den der alte Herr sie führte, da fühlte sich ihre Hand klebrig an. Wäre Karin nicht bei ihr gewesen, sie hätte sich auf dem Absatz rumgedreht und wäre gegangen. Dann stand sie vor einem blitzblanken Schreibtisch mit Computer dessen Tastatur wie neu wirkte.

„Aha", dachte Clementine, „der sieht dä Dreck nur an sengem Schrejwdesch".

Der Stuhl, auf dem sie Platz nehmen sollte, sah auch sauber aus.

Nun wurde sein Ton freundlich, er gab Clementine die Hand und sagte: „Anton Freinsheim, Du kannst mich gern Toni nennen, Du bist jetzt für mich die Tine".

„Na, besser als Clemens", dachte Clementine, die als Kind oft mit diesem Namen gehänselt wurde. Laut sagte sie: „Einverstanden", dann begann bereits der Unterricht.

Karin verabschiedete sich und Clementines Unterricht begann. Zunächst legte er einen Block und einen Kuli vor Clementine und sagte: „Tine nun schreibst Du mal jede einzelne Handbewegung auf, die Du wegen des Computers machst".
Er zeigte ihr wo der Rechner und der Monitor eingeschaltet wurden. Clementine malte einen Tower und einen Monitor und schrieb „Nr. 1" auf die Schaltflächen. Toni zeigte sich von Clementines Malerei beeindruckt.
So machte sie es bei jedem weiteren Schritt. Nach zwei Stunden, die Clementine wie im Flug vergangen waren, schaltete Toni den Rechner aus. Er war der Meinung fürs erste Mal reiche es. Dann drückte er ihr einen gebrauchten Laptop in die Hand, den solle sie mit nach Hause nehmen und am Abend alle Schritte üben. Am nächsten Morgen erwarte er sie um die gleiche Zeit.

Zu Hause angekommen, packte Clementine den Laptop gleich aus und begann zu schreiben.
Die Tasten brauchte sie nur anzutippen, das war schon ein anderes Schreiben, als mit ihrer Reiseschreibmaschine, den sie einst von ihrer Mutter geschenkt bekam. Der Nachmittag war regnerisch, da konnte Clementine Mausübungen machen. Toni hatte ihr ein Spiel installiert, bei dem sie Bälle zum Zerplatzen bringen musste. Bis zum Abend gelang es ihr schon recht gut. Sie war gespannt, was Toni ihr am nächsten Tag zeigen würde.

Am anderen Morgen traf Clementine pünktlich bei Toni ein, der sie bereits an der Tür erwartete. Heute zeigte er ihr E-Mails, die er bekommen hatte. Eine öffnete er und lies Clementine den Text lesen. Es war ganz eindeutig eine Drohung! Clementine fragte ihn, ob er den Absender kenne. Er verneinte, meinte, das sei sicher so ein Spinner, der durch Zufall an seine Adresse gekommen wäre, weil alle Firmen mit diesen Daten handelten. Den Absender wolle er als SPAM markieren, da könne sie gleich mal sehen, wie man das macht. Es waren wieder sehr interessante Stunden, die Clementine da bei Toni verbrachte.

Plötzlich ging die Haustür auf und eine Frau kam schimpfend, wegen der Unordnung, ins Haus. Sie schaute nur kurz durch die offene Tür ins Arbeitszimmer und rief: „Toni hier ist Dein Mittagessen und morgen komme ich aufräumen und putzen". Dann verschwand sie wieder, ohne dass Toni auch nur ein Wort entgegnete.

Clementine erhob sich und sagte: „Dann machen wir jetzt Schluss, sonst wird das Essen kalt". „Ach was, das wird nicht kalt, die Liesel hat so Thermobehälter. Wir können aber trotzdem für heute aufhören. Dann übe zu Hause weiter und wir sehen uns Übermorgen, denn Du hast ja gehört, Liesel will morgen putzen", antwortete Toni. Damit war Clementine entlassen.

Der Kopf rauchte ihr. Sie hatte sich so viele Notizen gemacht die musste sie zu Hause erst einmal ordnen. Damit hatte sie eine Menge zu tun.

So vergingen sechs Wochen. Clementine besuchte den Computerkurs bei Toni an drei bis vier Vormittagen, erschien Liesel mit dem Essen, verabschiedete sie sich.

Nach ihrem nachmittäglichen Spaziergang setzte sie sich an den Laptop und übte. Das Internet und die sozialen Netzwerke hatte sie inzwischen auch kennen gelernt. Sie besaß nun auch eine eigene E-Mail-Adresse und wollte Willi heute schreiben. Der würde staunen, wenn er ihre erste Nachricht las. Sie besaß eine Visitenkarte von Willi, da stand die E-Mail-Adresse drauf. Bisher hatte sie von ihm nur eine Ansichtskarte als Lebenszeichen erhalten.
Clementine wollte ihm schreiben, dass sie fleißig geübt und dafür ihre Handarbeiten vernachlässigt habe.

Sie öffnete den Laptop und rief das E-Mail-Programm auf. Sie wollte sich eben mit ihrem Passwort anmelden, da sah sie, dass dort viele Mails vorhanden waren, die Toni noch nicht gelöscht hatte.
Bei näherem Hinsehen, entdeckte sie, dass es sich um aktuelle Mails handelte. Und wieder wurde er von einem Schreiber bedroht, der sich „Snake" nannte. Clementine war die Lust zum Mail schreiben vergangen. Morgen wollte sie Toni den Laptop wiederbringen. Sie brauchte einen eigenen PC, wenn sie weitermachen wollte und dass wollte sie ganz sicher. Karin bot ihr an, mit ihr nach Bad Neuenahr zu fahren. Dort gab es einen Computerladen in dem ein junger Mann arbeitete, der seine Kunden sehr gut

beriet. So erhielt Clementine mit 72 Jahren ihren ersten PC.

Zu Hermanns Foto sagte sie an diesem Abend: „Jezz weiß esch woröm et Löck jitt, die eine für dämm Internet warne. Dä Toni hät me jo ad jesaat do wären vill Bekloppte ondewääs, dä „Snake" es bestemp su eine von dä Soort".

Am nächsten Morgen erhielt Clementine, während sie noch frühstückte, einen Anruf von Willi. Er überraschte Clementine mit der Nachricht, dass er in der Nacht zurückgekommen sei und sie nun besuchen wolle. Clementine freute sich, dann erzählte sie ihm von dem Computerkurs und dass sie Toni den Laptop wiederbringen müsste.
Willi meinte, da käme er gern mit, diesen Toni möchte er kennen lernen. Weil es regnete, schlug er Clementine vor, sie mit dem Auto abzuholen. Die Beiden fuhren zu Toni, der schaute überrascht, er erkannte Willi.

Sie besuchten einige Jahre die Schule in Oberwinter und hatten gemeinsam Fußball gespielt. Toni war gebrechlicher, als Willi, Clementine hatte ihn viel älter geschätzt. Sie unterhielten sich angeregt und als Liesel mit dem Essen kam, verabschiedeten sie sich. Clementine hatte ganz vergessen, Toni von den Drohmails zu erzählen, aber die konnte er ja jetzt selbst sehen, sie hatte ihm den Laptop zurückgegeben.

Willis Auto parkte drei Häuser vor Tonis Eingang, weil bei ihm bereits ein Auto vor dem Haus stand. Sie stiegen ein, da sah Clementine, dass Toni auf der Straße stand und ihnen mit einem Umschlag winkte. Hatte Clementine etwas bei ihm vergessen? Willi stieg wieder aus und wollte gerade auf Toni zugehen, da fuhr das Auto vor Tonis Haus los. Willi ging einen Schritt zurück um Platz zu machen, da fuhr der Wagen auf Toni zu, der wurde durch die Luft geschleudert, sein Körper lag plötzlich vor Willis Auto. Er schaute sofort nach Toni, der etwas Unverständliches murmelte. Clementine rief einen Krankenwagen und die Polizei, denn der Unfallfahrer war auf und davon, aber Clementine hatte sich die Nummer gemerkt.

Toni musste Notoperiert werden, aber er war gerettet. Das Auto, mit dem er angefahren wurde, war gestohlen. Als es Toni etwas besserging, besuchten Clementine und Willi ihn im Krankenhaus.
Toni wollte Clementine ein Zertifikat überreichen, worin stand, dass sie an einem Computerkurs teilgenommen habe, darum ging er ihnen nach. Er erzählte ihnen, dass er bis zu seinem Ruhestand in einer großen Firma in Köln als Programmierer gearbeitet hatte. Es gab dort einen jüngeren Kollegen, der dem Alkohol sehr zusprach und viele Fehler machte. Irgendwann hatte Toni es leid, diese Fehler zu korrigieren und beschwerte sich bei seinen Vorgesetzten.
Der Kollege wurde verwarnt und bekam zur Auflage, sich beim Sozialdienst zu melden. Dort wurde er untersucht und zum Entzug angemeldet.

Ein halbes Jahr später war er wieder da. Er trank nicht mehr, dafür nahm er jetzt Medikamente, von denen Toni annahm, dass diese ihn so aggressiv machten. Es kam ständig zum Streit mit ihm. In dem Monat, als Tonis Ruhestand begann, wurde der Kollege entlassen, er hatte einen anderen Kollegen krankenhausreif geschlagen und auch Toni bedroht. Da er auch noch Daten gestohlen hatte, verklagte ihn die Firma.

Zwei Jahre Gefängnis hatte er nun hinter sich, aber Ruhe gab er immer noch nicht. Zunächst schickte er ihm Drohmails, denn Tonis Email-Adresse machte er ausfindig.
Seit einigen Wochen wusste er auch wo Toni wohnte, dieser nahm ihn nicht ernst. Er hatte ihm einmal geantwortet und ihn gefragt, was er eigentlich wolle, die Antwort bestand aus einem Wort in Großbuchstaben: „GERECHTIGKEIT". Toni schaltete einen Anwalt ein, weil er das Gefühl hatte, der Kerl gehöre in die Psychiatrie, so sagte Toni.
Das Tat Auto war ein Mietwagen, den er angemietet hatte, er hieß Felix Müller, aber die Adresse in seinem Ausweis stimmte schon lange nicht mehr. Wo er sich jetzt aufhielt, war noch nicht bekannt.

Bei ihrem nächsten Besuch teilte Toni ihnen mit, dass er am nächsten Tag entlassen würde. Die Liesel, seine Haushaltshilfe, packe seinen Koffer und bringe ihm diesen am morgigen Vormittag, denn er ließe sich gleich mit einem Taxi nach Bad Breisig in ein Seniorenheim bringen, dort wolle er mal einige Zeit bleiben

und sich überlegen, ob er seinen Haushalt in Remagen auflöse.
Er versprach den Beiden, sich zu melden, wenn er sich in Bad Breisig eingerichtet habe.
Clementine und Willi waren froh, dass sie Toni so vergnügt antrafen, er hatte den Unfall, der versuchter Mord war, offensichtlich gut verkraftet. Sie wollten ihn in der nächsten Woche besuchen, bis dahin habe er sich bestimmt gut eingelebt.

Am darauffolgenden Tag, einem Donnerstag, fand in Eisenmengers Garten in Kripp wieder Clementines Handarbeits-Nachmittag statt. Es war ein schöner, warmer Tag. Karin hatte sich etwas verspätet. Sie fuhr am Mittag nach Sinzig, als sie wieder nach Hause wollte, war die B 9 Auffahrt gesperrt. Es gab einen Unfall mit zwei Toten, so berichtete sie. Zwei Stunden saßen die Damen in der warmen Frühlingssonne und diskutierten über diesen Unfall.

Willi wurde von der Polizei benachrichtigt, bei dem Unfall am späten Vormittag war Toni ums Leben gekommen. Er wollte ihm vom Taxi aus eine SMS schreiben: „Der Fahrer ist…", war noch lesbar. Den Polizisten kam es seltsam vor, dass der Taxifahrer, der zweite Tote, eine Perücke trug und einen angeklebten Schnauzbart hatte. Willi fragte, ob der Taxifahrer Felix Müller heiße? Als man ihm dies bestätigte, da berichtete Willi von den Gesprächen mit Toni und was er von diesem ehemaligen Kollegen erzählte.

Dieser Felix Müller hatte Liesel aufgelauert, er gab sich als ehemaliger Kollege aus, der Willi besuchen wolle. Liesel, in ihrer Trauer um Toni, war froh, dass sie ihr Herz ausschütten konnte. So erfuhr Felix, dass Willi mit einem Taxi nach Bad Breisig gefahren werden wollte. Er meldete sich als Mietwagenfahrer am Empfang.
Toni wurde von einem Pfleger im Rollstuhl zum Auto gebracht. Den Koffer hatte Felix Müller vorher bei Liesel abgeholt. Nach der Abfahrt hatte Toni vermutlich Verdacht geschöpft und wollte diesen Willi mitteilen.

Clementine wunderte sich, dass sie Willi nicht erreichen konnte, als sie am Abend von ihrem Handarbeitsclub nach Hause kam.

Am nächsten Morgen, Clementine saß noch beim Frühstück, als sich Willi meldete und ihr berichtete, was er erlebt und erfahren hatte.

Am selben Abend sagte Clementine zu Hermanns Foto: „Do hat esch ene schöne Donnesdaach un hann net jeahnt wat met dämm Toni passeet es. Äwwe am Kompjute hät et bestemp net jeläje un do kucken esch jezz wejde eren".

Der alte Koffer

Es klingelte an Clementines Wohnungstür. Sie öffnete und ließ eine junge Frau mit einem alten Koffer in der Hand eintreten.
„Guten Tag Frau Weidenbrecher, hier ist der Koffer mit den Zeitungsausschnitten, die mein Vater gesammelt hat. Meine Mutter sagte, sie wüssten Bescheid", mit diesen Worten stellte die junge Frau den Koffer ab und verabschiedete sich gleich wieder.
Ihre Mutter hatte Clementine am Vormittag angerufen und gefragt, ob es ihr recht sei, wenn ihre Tochter den Koffer am frühen Abend zu Clementine bringe. Clementine war einverstanden und das, obwohl sie gar nicht mehr an den Koffer dachte.

Vor einigen Wochen hatte Willi Küster sie in ein Restaurant an der Bad Breisiger Promenade eingeladen. Als sie an dem für sie reservierten Tisch Platz nehmen wollten, begrüßte sie eine ältere Frau am Nebentisch. Es dauerte ein wenig, bis Clementine sie erkannte. Renate, so hieß die alte Dame war ein Flüchtlingskind. Sie wohnten in ihrer Kindheit zusammen in einer alten Villa an der Kölner Straße in Remagen.
Clementines Mutter und ihre Schwester, die Mutter von Cornelia und Constanze, fanden dort eine Wohnung, als sie in Bonn ausgebombt waren. Es waren sehr beengte Verhältnisse, in die Clementine dort im Frühjahr 1945 hineingeboren wurde.
Ihre Kusine Cornelia war damals bereits zwei Jahre alt. Ihre Schwester Constanze kam erst 1947 zur Welt.

Der Vater der Beiden wurde aus der Kriegsgefangenschaft dorthin entlassen. Clementines Vater war in den letzten Kriegswochen gefallen.

In der alten Villa an der Kölner Straße wohnten die Schwestern mit ihren Kindern und Clementines Onkel in zwei Zimmern.

Renate, ein Jahr älter als Cornelia, lebte bereits dort, mit ihrer Mutter, ihrer fünf Jahre älteren Schwester Hildegard und ihrem Bruder Werner, der bereits sechzehn Jahre alt und als Gelegenheitsarbeiter ständig unterwegs war. Ihr Vater alt als vermisst.

Renate, die jüngste der Familie, wurde Clementines Freundin. Ihre Schwester Hildegard kümmerte sich um die kleineren Kinder im Haus und „verwahrte" sie, so nannte man das damals, wenn die Mütter arbeiteten. Die ersten fünfzehn Jahre ihres Lebens verbrachte Clementine in dieser alten Villa. Die Familie von Clementines Tante zog nach einigen Jahren nach Bonn, da hatten Clementine und ihre Mutter zwar mehr Platz, aber sie vermisste ihre Kusinen sehr.

Im Haus waren Renate und Clementine unzertrennlich. Clementine bewunderte die ältere Renate, sie war wie eine große Schwester für sie. Hildegard heiratete sehr jung und Werner tauchte nur noch sporadisch bei seiner Mutter auf.

Da der Vater nicht zurückkehrte, arbeitete Renates Mutter, wie Clementines Mutter ebenfalls, den ganzen Tag, damit sie leben konnten. Die Hausarbeit erledigte Renate, so gut sie konnte. Sie hatte bald auch einen Freund, Manfred, den ihr Bruder Werner mit ins Haus brachte. Als Renate schwanger wurde, heirateten Manfred und sie.

Clementine besuchte zunächst acht Jahre die Remagener Volksschule. Von der ersten bis zur letzten Klasse war Mia Langen ihre liebste Mitschülerin, die sie gern auf Bauernhof ihrer Eltern besuchte. Clementine konnte sehr gut mit Tieren umgehe und freute sich. Wenn sie Mia und ihrer Mutter helfen durfte.

Nach dem Besuch der Volksschule folgte eine einjährige Handelsschule. Ihre Mutter schenkte ihr eine Reiseschreibmaschine, die sich immer noch in ihrem Besitz befand. Sie hatte gerade die Handelsschule beendet, als ihre Mutter starb. Ihre Tante und ihr Onkel lösten den Haushalt auf. Weil die Beiden wussten, dass Clementine sich auf Langens Bauernhof sehr wohlfühlte, suchten sie einen passenden Hof auf dem Clementine eine Hauswirtschaftslehre absolvieren sollte. Zwischen Meckenheim und Rheinbach fanden sie eine passende Stelle für die Nichte. Sie begleiteten Clementine dorthin und freuten sich, dass diese sich auf dem Hof gleich wohlfühlte. Die Tiere und auch die Menschen dort trösteten sie über den Verlust ihrer Mutter hinweg.
Außer Clementine gab es noch zwei ältere Lehrlinge. Die Kinder der Familie waren sehr viel älter als Clementine und die Auszubildenden.
Jutta, so hieß die jüngere der Beiden, teilte mit Clementine ein Zimmer. Sie waren zwei Jahre beste Freundinnen, dann war Juttas Lehrzeit zu Ende und sie zog aus, heiratete einen Bauernsohn aus der

Nachbarschaft den sie während ihrer Ausbildung kennen lernte. Clementine besuchte sie noch einige Male, aber Juttas Mann Eugen Bergmann, war Clementine unsympathisch. Er war ihr gegenüber freundlich, aber sie mochte ihn nicht.
Es dauerte sehr lange, bis Clementine wusste, warum der Eugen ihr nicht gefiel.

Renate und sie schrieben sich noch einige Jahre, aber als diese ihr drittes Kind, die Tochter die Clementine den Koffer brachte, bekommen hatte, baute die Familie in Bad Breisig und der Kontakt riss ab. Ein paar Mal trafen sie sich zufällig noch auf den Remagener Märkten.

Nun hatten sie sich aber schon fast fünfzehn Jahre nicht mehr gesehen.
An diesem Sonntag, vor einigen Wochen, in dem Bad Breisiger Lokal, saß Renate mit ihrer Tochter am Nebentisch. Sie erzählte, dass ihr Mann nun schon ein Jahr tot sei und sie ihr Haus verkauft habe. Ihre Tochter wäre zu Besuch, um ihr beim Ausräumen zu helfen. Die Tochter wohne im Taunus und hatte dort eine Seniorenwohnung für die Mutter gefunden.

Später sprach Renate von dem Koffer mit den alten Zeitungsausschnitten, den ihr Mann gehütet habe, wie seinen Augapfel. Sie habe sich nie dafür interessiert, es aber auch nicht übers Herz gebracht den Inhalt wegzuwerfen. Willi war sehr interessiert, er liebte alte Zeitungen.

Nun stand der Koffer dort. Willi war mit Freunden zu einem Angelausflug und würde erst nächste Woche zurück sein. Clementine schaute den alten Koffer ein wenig ratlos an, sie wusste nicht so recht, was sie mit ihm anfangen sollte, vielleicht stellte sie ihn erst einmal in ihre Abstellkammer. Sie wollte den Koffer anheben, er war ihr zu schwer. Na, dann würde sie ihn eben öffnen und ein Teil des Papiers rausnehmen, dann ließe er sich sicher transportieren. Dazu musste sie ihn aber erst einmal aufmachen.
Es war gar nicht so einfach die alten Schlösser des Koffers zu öffnen, sie waren leicht angerostet. Schließlich hatte sie es geschafft.
Sie nahm einen Teil des Inhalts heraus und legte ihn auf den Tisch, nahm den Koffer, schloss ihn und verstaute ihn in der Abstellkammer. Dann nahm sie eine Mappe, wollte sie die Zeitungsausschnitte auf dem Tisch ein wenig ordnen und in die Mappe packen. Während sie die Zeitungsausschnitte in der Hand hielt, schaute sie kurz darauf. Ihr Blick fiel auf einen Artikel der ihr bekannt vor kam. Nun setzte sie sich an den Tisch und sah sich die alten Zeitungen genauer an.
Sie las über Schmuggel und Raubüberfälle auf LKWs in den ersten Jahren nach dem 2. Weltkrieg. Plötzlich fiel ihr Blick auf ein Foto aus einer Bonner Zeitung von 1964. Auf dem Foto sah sie Werner, Renates Bruder. Unter dem Foto stand, die Polizei habe den Kopf einer Räuberbande festnehmen können. Clementine war verblüfft. Davon wusste sie ja gar nichts! Sie fand einen dazugehörigen Artikel in dem stand, dass das Lager der Bande auf dem Bauernhof des

Eugen Bergmann gefunden wurde. Ob die Jutta wusste, was ihr Mann trieb? Sie konnte es sich nicht vorstellen, denn Jutta war damals ein genauso naives Mädchen, wie sie selbst. Nun wurde ihr bewusst, warum sie den Eugen nicht mochte. Er wirkte auf sie, wie eine Katze, die einer Maus auflauert.

Was mochte Renate von der Sache wissen?
Ob sie darum nie mehr von ihrem Bruder gesprochen hatte? Bei ihren sporadischen Treffen hatte sie auch nach Renates Geschwistern gefragt. Sie berichtete ihr ausführlich von der guten Partie ihrer Schwester Hildegard. Zu ihrem Bruder habe sie keinen Kontakt mehr, war ihr einziger Kommentar auf Clementines Nachfrage, nach ihrem Bruder Werner. Jetzt verstand sie auch, warum Renate nicht auf ihren Bruder angesprochen werden wollte.

Wann hatte sie den Werner zuletzt gesehen? Ja, das war doch an dem Tag, als sie ihren Hermann kennen lernte!
Anfang April 1963 bekam Clementine eine Karte von Renate, sie gratulierte ihr nachträglich zum Geburtstag und lud sie für den 1. Mai ein. Hildegard wollte Renate dann besuchen und auch Clementine mal wiedersehen.
Der 1. Mai war ein Mittwoch. Clementine bekam bereits am Dienstag Urlaub bis zum Sonntagabend. Damals wohnte Renate mit ihrer Familie noch in Remagen bei ihrer Mutter, in der alten Villa. Am Dienstagabend traf Clementine in Remagen ein. Vor drei Jahren zog sie hier aus, aber es kam ihr viel län-

ger vor. Sie klingelte, Renate öffnete und fiel ihr vor Freude um den Hals. Auch Manfred und Renates Mutter begrüßten Clementine sehr freundlich. Es gab viel zu erzählen und der Abend wurde lang.

Der nächste Tag war der 1. Mai.
Ihre Mutter, bereits Rentnerin, hütete die Enkelkinder, während sich die jungen Leute zum Tanz in den Mai aufmachten.

Vor dem Lokal, an der Rheinpromenade, stand plötzlich Werner vor ihnen. Hildegard und ihr Mann freuten sich, ihn zu sehen und luden ihn ein. Renate grüßte ihn nur kurz und Manfred tat, als sähe er ihn nicht. Werner hatte getrunken und war sehr aufgekratzt. Es war Clementine unangenehm, dass er sich neben sie setzte. Prompt begann er auch wieder sie mit ihrem Vornamen zu ärgern. Er nannte sie dann Clemens.
So hieß ihr Großvater, nach dem sie benannt wurde.

Er versuchte immer wieder einen Arm um sie zu legen, was Clementine sehr unangenehm war.
Sie war sehr erleichtert, als ein junger Mann sie zum Tanzen aufforderte. Werner sprang auf und wollte ihn wegdrängen: „Was willst Du mit dem Bauern, Du kannst mit mir tanzen", so rief er. Manfred sprang ebenfalls auf und half dem jungen Mann Werner hinaus zu führen.
Hildegard entschuldigte sich bei Clementine, ihr und ihrem Mann war Werners Auftritt peinlich.

Es dauerte eine Weile, bis die Beiden zurückkamen, dann sah es so aus, als hätten sie sich angefreundet. Manfred stellte den jungen Mann als Hermann Weidenbrecher, einen Bauernsohn aus Bodendorf vor.
Hildegard und ihr Mann luden ihn ein, an ihrem Tisch Platz zu nehmen, denn Werners Stuhl war ja frei. Seltsam, dachte Clementine, damals schienen Manfred und Hermann sich gut zu verstehen, dass war später nicht mehr der Fall, denn er hatte ihr untersagt, Renate in Bad Breisig zu besuchen.

Es war für Clementine ein wenig gewöhnungsbedürftig, einen Verehrer zu haben, der strikt nur platt sprach, während sich alle anderen am Tisch hochdeutsch unterhielten, aber nach einigen Tänzen war sie bereits so verliebt in ihn, dass es sie nicht mehr störte.
Es hatte sich noch nie jemand so für sie interessiert. Er wollte ganz ausführlich hören, was sie machte und wie sie lebte. Beim dritten Tanz bekam sie einen Heiratsantrag. Clementine wurde es schwindlig bei seinem Tempo, aber es imponierte ihr auch.
Nach Mitternacht wurde jedenfalls Verlobung gefeiert. Es störte niemanden, dass Clementine ja noch minderjährig war und erst einmal ihren Vormund, den Vater von Cornelia und Constanze, um Erlaubnis fragen musste.

Weit nach Mitternacht brachen sie auf. Hermann hatte sein Moped vor der Tür stehen. Er wollte Clementine zur Kölner Straße fahren, aber seine Reifen waren zerstochen.

Das war bestimmt Werners Rache.
Sie hatte sich nie überlegt ob Werner den Hermann vielleicht kannte, sie waren gleich alt, aber was hatten sie denn noch für Gemeinsamkeiten?

Am darauffolgenden frühen Abend war Hermann wieder da. Sein Moped war repariert. Er lud sie für den kommenden Sonntag zu seinen Eltern zum Mittagessen ein. Wie selbstverständlich verbrachte er die beiden nächsten Abende ebenfalls mit Clementine.

Renate und Manfred schienen damals auch erfreut, wenn er erschien. Was war da bloß passiert und warum hatte sie sich da früher nicht dran gestört? Wahrscheinlich, weil sich ihr Leben so schnell veränderte.

Sonntags lernte sie Hermanns Eltern kennen. Hermann hatte zwei viel ältere Brüder, die im Krieg umgekommen waren. Die Eltern waren schon alt und recht gebrechlich. Die Arbeit auf dem Bauernhof wurde ihnen zu viel, Hermann musste immer öfter mit anfassen. Er hätte die Landwirtschaft gern aufgegeben, aber so lange seine Eltern lebten, war es nicht möglich, sie hätten nie eingewilligt. Nun freuten sie sich, dass ihr Hermann, mit einunddreißig Jahren ein „alter" Junggeselle, endlich eine Frau nach Hause brachte, die noch dazu eine landwirtschaftliche Ausbildung vorweisen konnte. Sie drängten auf eine schnelle Heirat.

Clementine gab zu Bedenken, dass sie noch nicht volljährig war und ihren Vormund erst einmal informieren müsste. Sie wollte ihm in der kommenden Woche schreiben und ihn um einen Besuch bitten.

Am Abend dieses denkwürdigen Tags brachte Hermann Clementine abends mit dem Moped zu dem Bauernhof, auf dem sie ja noch beschäftigt war. Er verabschiedete sich von ihr mit einem Kuss auf die Stirn, wie er es von Anfang an tat.

Am darauffolgenden Sonntag hatte Clementine nur nachmittags einige Stunden frei, aber auch da erschien Hermann mit seinem Moped. Sie erzählte ihm, dass sie ihrem Onkel gleich montags geschrieben habe. Am Donnerstagabend habe er angerufen und sie Beide für Sonntagmittag eingeladen. Da habe sie auch wieder einen ganzen Tag frei.

Der Sonntag war leider ein verregneter Tag und Clementine überlegte was sie anziehen könnte, um nicht total nass zu sein, wenn sie mit dem Moped bis Bonn fuhren. Sie inspizierte ihren Kleiderschrank, als sie draußen ein Auto hupen hörte.

Es war Hermann! Er hatte sich einen weißen VW Käfer gekauft! Na, das war vielleicht eine Überraschung!

Auf der Fahrt nach Bonn erzählte er ihr, dass seine Eltern ihn gedrängt hatten, endlich ein Auto zu kaufen, denn den Führerschein hatte er schon einige Jahre, weil er als KFZ- Schlosser auch immer wieder Autos zur Probe fahren musste, oder bei Kunden abholen und hinbringen.

Onkel und Tante stellten Hermann viele Fragen, die er alle zu ihrer Zufriedenheit beantwortete. Sie wollten, unter anderem, wissen, wo das junge Paar denn wohnen solle und ob seine Eltern mit Clementine einverstanden wären. Clementine war glücklich und Hermann auch. Der Tag in Bonn verlief harmonisch, auch wenn die kesse, sechzehnjährige Constanze, Hermann zu vorlaut war. Cornelia, die ruhige, etwas schüchterne Kusine, gefiel ihm besser.

Tante und Onkel waren mit Hermann einverstanden, verlangten aber eine einjährige Verlobungszeit. Dass die Beiden am 1. Mai bereits gefeiert hatten, verrieten sie nicht. Die Verlobung sollte Pfingsten gefeiert werden, darauf bestand der Onkel.

Clementine reiste bereits am Samstag vor Pfingsten zu ihren Verwandten, sie wollte der Tante bei den Vorbereitungen helfen.
Das Backen überließ die Tante ihr gern, aber beim Kochen ließ sie sich nicht reinreden.
Es wurde ein schönes Fest! Hermann reiste mit seinen Eltern im Auto an. Renate und ihr Mann kamen mit dem Zug. Die Kinder ließen sie bei Renates Mutter.

Nach dem Essen hielt Clementines Onkel eine kleine Tischrede, an deren Ende er das junge Paar hochleben ließ und Hermann einen Verlobungskuss gestattete. Mit hochroten Köpfen küssten sich die Beiden zum ersten Mal auf den Mund.

Ihr Verlobungsjahr verging schnell. Clementine wohnte und arbeitete bis zum Tag ihrer standesamtlichen Trauung auf ihrer bisherigen Stelle. Die Familie richtete ihre standesamtliche Feier aus, zu der aber niemand von Clementines und Hermanns Seite kam. Jutta Bergmann, die immer wieder mal auf dem Hof erschien wollte unbedingt ihre Trauzeugin sein. Hermanns Trauzeuge war der älteste Sohn der Familie.
Zum anschließenden Essen auf dem Hof erschien auch Eugen Bergmann. Hermann beachtete ihn zunächst nicht. Eugen wich nicht von Hermanns Seite. Damals fand sie ihn nur aufdringlich. Heute fragte sie sich, ob Hermann den Eugen vielleicht doch kannte. Am Abend bestand Hermann darauf, dass Clementine ihre Sachen packte und mit ihm zu seinen Eltern fuhr. Ihr Umzug sollte erst eine Woche später stattfinden, aber so verließ Clementine den Hof etwas überstürzt, was sie sehr bedauerte. Eine Erklärung für sein Verhalten gab Hermann nicht ab, aber das tat er nie.

Zwei Wochen nach der standesamtlichen Trauung fand Anfang Mai die kirchliche Trauung und die anschließende Feier bei Clementines Onkel und Tante in Bonn statt. Wie bei ihrer Familie üblich wurde es ein schönes gemütliches Fest. Hermann schien sich genauso wohl zu fühlen, wie sie selbst.
Zu vorgerückter Stunde unterhielt sich ihr Mann mit Manfred über Werner, sie konnte sich aber nicht mehr erinnern, was sie sagten. Clementine hörte nur noch Werners Namen und als sie zu den Beiden trat, beendeten sie das Gespräch.

Sie schaute sich die Zeitung noch einmal an, sie war vom April. Da hatten die beiden Männer sich bestimmt über Werners Verhaftung unterhalten, wollten sie an ihrem Hochzeitstag aber nicht mit diesen Geschichten behelligen, oder gab es da sonst noch etwas, was sie nicht wissen sollte?

Der Willi war ja noch eine Woche weg und ihr Handarbeitsklub fiel diese Woche auch aus, weil Erika und ihr Mann verreist waren, da hatte sie viel Zeit, um sich den Inhalt des Koffers mal genauer anzusehen.

Vom Tag ihres Einzugs bei Hermann und seinen Eltern sprach Clementine fast nur noch Dialekt, denn das war damals die Umgangssprache der Menschen. Die Landwirtschaft betrieb Clementine nun fast allein. Hermann arbeitete bei einer Firma in Bonn. Nach Feierabend und am Wochenende schraubte er auch an den Fahrzeugen seiner Freunde und Nachbarn.
Ach, da war doch mal so ein schmieriger Typ, der allerdings hochdeutsch sprach, darum war er ihr damals überhaupt aufgefallen. Sie kümmerte sich sonst nicht darum, wer da zu Hermann wegen seines Fahrzeugs kam. Aber irgendetwas war mit dem. Der Hermann redete ganz leise auf ihn ein, trotzdem spürte Clementine, dass sein Ton bedrohlich war. Sie sah ihn nur einmal, warum erinnerte sie sich jetzt an ihn?
Plötzlich wusste sie es, sie hatte einen Zeitungsausschnitt zur Seite gelegt, da war das Foto von diesem Kerl zu sehen.

Die ganze Geschichte wurde immer mysteriöser und Clementine wurde das Gefühl nicht los, dass dieser Koffer auch mit ihrer Vergangenheit bzw. der ihres verstorbenen Mannes zu tun hatte.
Sie nahm sich vor, den Koffer ganz zu leeren und die Ausschnitte nach Daten zu ordnen, so wäre es sicher leichter einen Überblick zu bekommen.
Als Clementine an Hermanns Foto vorbeiging, sagte sie: „Lewe Hermann, esch wären dat Jeföhl net loss, dat de mir su Einijes veschwiejen hess! Wo esch de ze jong öm dat ze vestohn? Vliesch fennen esch die Antwoot do en dämm Koffe!"

Es dauerte Tage, bis Clementine die Zeitungsartikel nach Daten sortiert hatte. Manfred hatte immer einen Rand gelassen und Datum und Zeitung notiert.
Nun war der Koffer leer, bis auf ein kleines Innenfach. Dort zog sie ein altes Heft hervor mit handschriftlichen Notizen von Manfred. Er hatte auf einer Seite Summen notiert, bei denen es sich offensichtlich um Geldbeträge handelte, die er an Mitglieder seiner Clique oder doch besser Bande, gezahlt hatte.
Sie blätterte hastig durch. Einmal las sie: „50 Mark an H.W.", sollte das Hermann Weidenbrecher heißen? Für welche Leistung hatte er das Geld bekommen? Clementine war total verwirrt, da brauchte sie erst einmal Abstand. Bevor sie sich in Vermutungen erging, wollte sie doch lieber warten, bis Willi wieder da war.

Die Tage bis zu Willis Rückkehr vergingen Clementine wie im Flug. Sie nahm sich für diese Woche sehr viel

vor, damit sie anschließend wieder Zeit für Willi hatte.
Als Willi sie anrief, um ihr mitzuteilen, dass er soeben sein Haus betreten habe, da vergaß sie sogar den Koffer zu erwähnen. Sie holte es in einem späteren Gespräch nach. Willi war sehr erfreut als er von dem Koffer hörte. Am nächsten Tag kam Willi mit einer Aktentasche, die Clementine noch nicht kannte. Er öffnete sie und entnahm ihr einige Fotoalben. Nun erklärte er Clementine sein Interesse an dem Koffer. Er wusste aus Zeitungsausschnitten und von Fotos, die sein Vater gesammelt hatte, wer Manfred war.
Sein Vater hatte zwei jüngere Brüder und der jüngste war bei einem Unfall ums Leben gekommen.

Willi war Jahrgang 1948 und konnte sich an die beiden Onkels nur vage erinnern. Er hatte seinen Vater mal gefragt, was mit den Beiden passiert sei, da antwortete dieser ihm ausweichend, dass der jüngste Bruder bei einem Unfall ums Leben gekommen sei und der mittlere daran eine Mitschuld gehabt habe, weswegen er sich mit ihm zerstritten hätte. Dieser Bruder sei später ausgewandert und in Südafrika ebenfalls an den Folgen eines Unfalls verstorben.
Willis Eltern lebten bereits einige Jahre nicht mehr. Die Aktentasche mit den Alben hob Willi lange auf ohne sich näher mit diesen befassen.
Im letzten Winter hatte er sich dann wochenlang damit beschäftigt und war zu dem Schluss gelangt, dass seine Onkels einer Bande angehörten, die Lastkraftwagen mit Planen überfielen und ausraubten.

Als jugendliche Schwarzmarkthändler hatten sie ihre Karriere nach dem Krieg begonnen, ihr älterer Bruder, Willis Vater verbrachte das Kriegsende und einige Zeit danach in einem hessischen Lazarett, wo er seine Frau kennenlernte.

Nach der Währungsreform 1948 besaßen Willis Onkels bereits ein Motorrad, wie einige andere Freunde auch. Damit lauerten sie auf Ausfallstraßen rings um Bonn den Lastkraftwagen auf.

Einige Mitglieder der Bande arbeiteten an Tankstellen, wo sie sich über die Ladung und die Fahrtstrecke der LKWs informierten.

Sie fuhren zu zweit auf einem Motorrad hinter den Lastwagen her, dann fuhren sie dicht an die Seite, um zum Überholen anzusetzen. In diesem Augenblick sprang der Sozius auf den LKW. Willis Onkel fungierte als Sozius und bei seinem letzten Versuch einen LKW zu entern, rutschte er ab und fiel vor das Hinterrad. Seinem Bruder gelang die Flucht. Bevor die Polizei herausbekam wer alles zu dieser Bande gehörte, hatte er bereits das Land verlassen.

Im Frühjahr 1953 fand der Prozess gegen die übrigen Bandenmitglieder statt. Der mittlere Bruder von Willis Vater war zu diesem Zeitpunkt wie vom Erdboden verschluckt.

Jahre später erfuhr Willis Vater, der nach seinem Bruder forschte, von seinem Unfalltod in Südafrika, wo er unter falschem Namen lebte. Vieles von dem, was Willi nun wusste, erfuhr er durch den Nachlass seines Vaters, der aber nie mit ihm über die kriminelle Vergangenheit seiner Brüder sprach.

Einige der Bandenmitglieder, unter anderem Werner, der Bruder von Renate, gründeten später eine neue Bande, deren Chef Werner war. Eugen Bergmann stellte ihnen eine Scheune zur Verfügung in der sie das Diebesgut lagern konnten.
Clementine fand Willis Ausführungen sehr interessant, hätte aber gern gewusst, ob ihr Hermann da etwas mit zu tun hatte.
Sie kümmerte sich nie darum, wem er nach Feierabend noch das Motorrad oder das Auto reparierte. Aber es war ihr nicht verborgen geblieben, dass es da „Freunde" gab, die Hermann schon lange, aber nicht gern kannte. Sie zeigte Willi das Heft, in dem Manfred Notizen über Zahlungen gemacht hatte.
Der Manfred war der Buchhalter der Bande und Verkäufer der erbeuteten Ware. Er kam bei dem Prozess mit einer Geldstrafe davon, weil er an den Überfällen nicht beteiligt war und es verstand, sich als unbedeutendes Mitglied darzustellen, was er aber keineswegs war. Der schmierige Typ, an den Clementine sich erinnert hatte, hieß Norbert Böhm und war ein Kunde der Bande. Sie fanden heraus, dass er es war, der Hermann Weidenbrecher der Bande zuführte, weil dieser Lehrling in einer Werkstatt war, die Speditionsfahrzeuge warteten. Hermann sollte ihnen Tipps geben, welche LKWs für welche Fahrten bereitgestellt wurden.
Zu Clementines Bedauern konnten sie nicht herausfinden, ob Hermann Geld von der Bande genommen hatte und was seine Gegenleistung in dem Fall war.

Als Willi am Abend wieder nach Hause gefahren war, da sagte Clementine zu Hermanns Foto:
„Lewe Hermann, esch hann su langksam dä Endruck, dat me oos janet rischtesch kannten.
Op de dat Jeld jenonn häss un Dene jätt veroode, es höck net mi ze ändere. Von dä janze Bande es jo keijne mi am Lewwe un von Denne, die ihr jeschädesch hat och net.
Un weisste wat, menge lewe Hermann, esch hann och ja keijn Loss mim meng restlesch Lewwe nur met dämm Andenke an desch ze vebrenge".

»Das hoffe ich für dich. Falls mir *Fashionista ETC.* wieder weggenommen wird, werde ich dich dafür haftbar machen.«

Dalton blickte ihn ungerührt an. »Bist du jetzt fertig?«, fragte er. »Dann will ich dir nämlich auch noch was sagen. Als du zu mir gekommen bist und dieses Modelabel kaufen wolltest, hast du es mit den Worten getan: ›Es ist ein Risiko, und ich habe keine Ahnung, ob es sich irgendwann bezahlt macht.‹ Du wusstest, dass du den kompletten Einsatz verlieren könntest. Also tu jetzt nicht so, als wäre es allein mein Risiko, wenn irgendwas schiefgeht.«

»Ich habe nicht gesagt, dass es allein dein Risiko ist.« Tyler wurde ärgerlich. »Aber wenn jetzt alles den Bach runtergeht, weil wir einen Fehler gemacht haben, werde ich dich dafür haftbar machen.«

»Wir haben keinen Fehler gemacht.«

»Bist du dir ganz sicher?«

»Absolut.« Dalton nickte bekräftigend. Er wollte noch etwas hinzufügen, doch sein Handy klingelte, und nach einem kurzen Blick aufs Display seufzte er.

»Da muss ich leider drangehen.«

»Nur zu.«

Dalton stand auf und entfernte sich ein paar Schritte, ehe er den Anruf annahm. Trotzdem hörte Tyler, wie er sagte: »Was gibt's, Nora?«

Nora wieder. Seine Assistentin, die ihn anhimmelte und für zwei schuftete. Tyler konnte sich ein Grinsen nicht verkneifen. Doch sofort wurde er wieder ernst, denn er dachte daran, wie viel auf dem Spiel stand.

Ich habe für Fashionista ETC. mehr riskiert als für jedes andere Unternehmen, das ich in den letzten acht Jahren übernommen habe.

Denn das war Teil seiner Strategie. Seine Holding schluckte vielversprechende Unternehmen. Einige verkaufte er nach einer gewissen Zeit wieder, sobald er sie optimiert hatte – was im Klartext hieß, dass er Mitarbeiter entließ und allgemein darauf achtete, dass die Unternehmen wettbewerbsfähig wurden. Man konnte ihn durchaus dafür kritisieren, dass er so vorging. Doch er fand es immer noch besser, ein Unternehmen für die Zukunft fit zu machen, als wenn es früher oder später in die Insolvenz schlitterte, weil die bisherigen Geschäftsführer einfach nicht wirtschaftlich dachten, sondern mit dem Herzen an ein Thema herangingen, das man eher mit dem Verstand betreiben sollte.

Das passierte, wenn Leute, die von Unternehmertum keine Ahnung hatten, sich mit Herzblut den Wunsch nach Unabhängigkeit erfüllten.

Es ging auch anders. Das waren dann die Unternehmen und Start-ups, die Tyler nicht sofort verkaufte. Dazu gehörte *Fashionista ETC.* Denn hier lagen die Dinge anders; die Fehler waren nicht im Tagesgeschäft begangen worden, sondern vielmehr bei der Finanzierung der Firma. Als Cara Sanders' Vater mit seinem geschlossenen Fonds für Anleger aufflog, weil er in den wirtschaftlich schwierigen letzten zwei Jahren einen Teil der Einlagen ausgeschüttet hatte, obwohl er nicht so viel Gewinn erwirtschaftete, hatten alle Kleinsparer von heute auf morgen ihr komplettes

Geld abgezogen. Danach war der Fonds pleite, Caras Vater hatte eine Klage wegen Betrugs am Hals und wanderte dafür ins Gefängnis. Caras Firma aber, die zum Teil durch ein Darlehen aus dem Fondsvermögen finanziert worden war, stand auch von heute auf morgen vor dem Ruin.

Da hatte er die Gelegenheit genutzt und einige Millionen investiert, um eines der erfolgversprechendsten Unternehmen der letzten Jahre aufzukaufen. Und statt es bei der nächstbesten Gelegenheit gewinnbringend weiterzuverkaufen, hatte er es behalten. Dabei hatte es ihm nicht an Angeboten gemangelt. Mehrere Investoren waren auf ihn zugekommen und hatten ihm ein Vielfaches des Kaufpreises geboten.

Doch er war standhaft geblieben. Was er im Nachhinein gar nicht begriff, denn normalerweise war er nicht so sentimental, dass er meinte, ein Unternehmen um jeden Preis halten zu müssen.

»Wird mir die Sache auf die Füße fallen?«

»Das weiß ich nicht.« Tyler spürte, dass das die ehrlichste Antwort war, die er von Dalton erwarten durfte. »Wenn Cara Sanders klagt und sie die richtigen Beweise vorlegt und den richtigen Richter erwischt ...«

»Dann müssen wir eben dafür sorgen, dass sie weder die richtigen Beweise noch einen Richter bekommt, der ihrer Sache wohlgesonnen ist. Kriegst du das hin?«

Dalton nickte. »Kein Problem. Mach dir deshalb keine Gedanken.«

»Okay, dann mache ich mir lieber Gedanken um Tron Corp.«

Das war sein nächster großer Coup. Ein riesiges Konglomerat aus mehreren Schwerindustriebetrieben, das er aufkaufen und in appetitliche Happen zerlegt wieder verkaufen wollte.

»Meine Leute kümmern sich um die Einzelheiten. Sieht ganz so aus, als könnten wir den Preis noch um ein paar Prozent drücken. Wir haben da einige Leichen in den Bilanzen gefunden.«

»Sehr gut.« Endlich nahm dieser Lunch den von Tyler gewünschten Verlauf. »Ende nächsten Monats möchte ich den Verkauf über die Bühne bringen, damit wir bei der Versammlung der Anteilseigner über den Börsengang von Locke Corp. abstimmen können.«

»Das schaffen wir.«

»Wie wär's am Wochenende mit einer Runde Tennis?«

»Da sage ich nicht Nein.«

Ihr Gespräch drehte sich den Rest des Lunchs um triviale Alltagsdinge. Dalton erzählte von Alyson, mit der sich die Trennung als nicht so einfach erwies wie erhofft. Tyler hätte ihm ein paar Tipps geben können – immerhin hatte er erst kürzlich die Trennung von Debbie erfolgreich vollzogen, und sie waren nach wie vor Freunde »mit gewissen Extras«. Doch er hielt sich zurück.

Sein Privatleben ging Dalton bei aller Freundschaft überhaupt nichts an. Es fiel ihm manchmal schwer, dass er niemanden hatte, mit dem er über sein Privatleben sprechen konnte. Doch das war eben der Preis, den er zahlte. Zu groß war die Gefahr, dass irgendwas von diesen privaten Details an die Öffentlichkeit drang. Er hatte nicht nur einen Ruf als Geschäftsmann, den er frei von Skandalen halten wollte. Es nervte ihn auch, wie einige andere reiche Junggesellen stets mit ihren neuen Freundinnen für Klatschmagazine posierten oder Interviews und Homestorys machten, um sich für die Investoren interessant zu machen.

Das hatte er nicht nötig, fand Tyler.

Auf dem Weg nach draußen schaltete Tyler sein Handy wieder ein. Mehrere Anrufe in Abwesenheit, darunter auch einer von Donnie Richards. Er runzelte die Stirn. Hatte er die Rechnung nicht sofort überwiesen? War das Thema damit nicht erledigt?

Anscheinend nicht.

Er blieb stehen und wählte Donnies Nummer. Dalton blickte ihn fragend an, doch Tyler hob nur die Hand und trat beiseite. Er stand in dem dunklen Eingangsbereich des Restaurants, während Dalton vor dem Fahrstuhl auf ihn wartete.

»Mr. Locke? Ich habe was für Sie.«

Donnie kam sofort zur Sache.

»Ich wüsste nicht, was Sie für mich haben könnten.«

»Doch, doch. Ich habe eine Information über ihre Obdachlose. Könnte Sie interessieren.«

Tyler seufzte. »Ich habe kein Interesse mehr an der jungen Frau.« Das war nicht mal gelogen.

»Ihre kleine Obdachlose ist gar nicht mehr obdachlos. Sie wohnt jetzt in einem Hotel und sucht wohl eine Wohnung. Also, wenn Sie ihr was Gutes tun wollen ...«

Donnie sprach nicht weiter.

»In welchem Hotel?«

Tyler ahnte, dass er diese Frage bereuen würde.

»Im Residence Inn Downtown Chicago.«

Kein schlechtes Hotel. Vier Sterne, direkt im Loop, also der teuren Innenstadt gelegen. Nur wenige Querstraßen vom Michigansee entfernt. Vor allem war es nicht billig.

»Wie kann sie sich das leisten?«

»Sie hat offenbar einen reichen Gönner gefunden.«

Erstaunlich. Da lebte sie offenbar schon länger auf der Straße, und sobald sie Tyler aufgefallen war, fand sich ein anderer Mann, der sie von der Straße holte?

»Wissen Sie, warum?«

Er glaubte, ein Seufzen zu hören. »Das steht alles in meinem Dossier. Schade, dass Sie es nicht gelesen haben.«

»Ich bin noch nicht dazu gekommen.«

»Dann holen Sie das nach. Es lohnt sich. Interessante Lektüre über eine interessante Frau. Ich vermute, dort werden Sie Ihre Antwort finden.«

Donnie Richards legte auf. Tyler blieb noch einen Moment stehen und dachte nach. Was hatte das alles zu bedeuten?

Es gab wohl nur einen Weg, das herauszufinden.

»Was Wichtiges?«, fragte Dalton, als er sich vor dem Fahrstuhl zu ihm gesellte.

»Nur ein Spinner, der mir was aufschwatzen wollte.«

Dalton hakte nicht nach. Er wusste, wenn Tyler nicht mehr sagen wollte.

Zurück im Büro zog Tyler die Mappe aus der Schublade. Er ließ sie ein paar Minuten lang vor sich auf dem Schreibtisch liegen, bevor er sie aufschlug.

Zuoberst lag ein Foto.

Er erkannte sie sofort.

»Cara Sanders«, murmelte er. Die obdachlose, junge Frau, die der Zufall oder das Schicksal – oder doch ihre bewusste Entscheidung? – in sein Leben gespült hatte, war die frühere Eigentümerin von *Fashionista ETC.* Ausgerechnet! Und nicht nur das. Sie war auch die neue Assistentin von Will Thompson, die er heute Mittag im Restaurant gesehen hatte.

Sie war heute etwas schmaler als auf dem Foto. Außerdem wirkten die Gesichtszüge etwas härter als noch vor einem Jahr. Damals hatte Tyler sie nicht persönlich kennengelernt. Er hatte den Verkauf über Mittelsmänner abwickeln lassen, weil er gerade mit einem anderen Großprojekt beschäftigt war.

Und jetzt sah er, wohin sein skrupelloses Vorgehen sie geführt hatte. In den Abgrund.

Er horchte in sich hinein. Hatte er deshalb ein schlechtes Gewissen? Sie hatte seinetwegen alles verloren und war auf der Straße gelandet. Aber war nicht jeder für sein eigenes Glück verantwortlich? Wenn sie so unfähig war, sich für ihre eigenen Belange einzusetzen – wieso sollte er dann Rücksicht auf sie nehmen?

Und genau das passierte jetzt. Cara Sanders setzte sich für ihre eigenen Belange ein. Sie wollte *Fashionista ETC.* zurück haben.

Tyler blätterte die schmale Akte durch, die Donnie mit Informationen über sie zusammengestellt hatte. Viele private Details, Geburtstag und -ort, schulischer Werdegang, College und so weiter. Nichts von Interesse. Es sei denn, man interessierte sich für sie ...

Cara Sanders. Sie war die neue Assistentin von Will Thompson. Hieß das, dass Will sie von der Straße geholt hatte? Woher kannten sich die beiden? Und wenn Will sie gerettet hatte – steckte er dann auch hinter der drohenden Anklage gegen Tyler? Hatte er das alles eingefädelt, um Tyler zu Fall zu bringen?

Er klappte die Mappe wieder zu und warf sie in den Papierkorb. Dann stand er auf und holte das Foto von Cara wieder aus der Mappe. Er legte es hinten in seinen Terminkalender.

Will Thompson wollte ihn also niedermachen? Schön und gut! Aber so leicht würde Tyler es ihm nicht machen. Er hatte seine eigenen Waffen, um Will das Leben schwer zu machen.

Er rief Donnie Richards an.

»Sie haben doch bestimmt auch eine Telefonnummer von Cara Sanders?«

Cara

Zurück im Hotelzimmer streife ich die Schuhe ab und falle aufs gemachte Bett. Ich ziehe nicht mal die Klamotten aus, sondern schließe die Augen, ziehe die Bettdecke bis ans Kinn und schlafe sofort ein.

Dieses Leben jenseits der Straße ist mindestens so anstrengend wie auf der Straße. Es ist unberechenbar, es forderte alles von mir. Ich weiß nicht, wie ich das früher geschafft habe, als ich zwölf Stunden täglich von einem Termin zum nächsten hetzte. Jetzt hat es mich schon völlig erschöpft, eine Verabredung zum Lunch und einen halbstündigen Termin mit der neuen Anwältin zu absolvieren.

Ich weiß nicht, wie lange ich geschlafen habe, als mich etwas hochschrecken lässt. Einen Moment lang weiß ich nicht, wo ich bin – geschweige denn, woher dieses Geräusch kommt. Doch dann fällt mir das Smartphone wieder ein, das ich achtlos in die Manteltasche gestopft habe. Die Nummer wird als unbekannt angezeigt, aber ich gehe trotzdem dran, denn es könnte ja Theresa sein.

»Ja, hallo?«

»Spreche ich mit Cara Sanders?«

Seine Stimme durchfährt mich wie ein Blitzschlag. Ich bin sofort hellwach und stehe auf.

»Wer ist da?« Dabei habe ich seine Stimme sofort erkannt. Dunkel wie Zartbitterschokolade, geschmeidig wie Karamell. Tyler Locke.

»Wir sind uns heute begegnet, Miss Sanders.«
»Ja«, sage ich. »Ich weiß.«
»Es freut mich, dass es Ihnen besser geht.«
Was für eine hübsche Umschreibung dafür, dass ich nicht mehr in der Gosse liege ...
»Woher haben Sie meine Nummer, Mr. Locke?«
»Ein Freund hat sie mir gegeben.«
»Will?«
Er lacht rau. »Nein, sicher nicht. Glauben Sie mir, Mr. Thompson und ich sind keine Freunde.«
Interessant. Damit bleibt nur noch Donnie Richards als Quelle für meine neue Handynummer, die ich selbst erst seit knapp zwei Stunden kenne.
»Was wollen Sie, Mr. Locke?«, frage ich. Das Herz schlägt mir bis zum Hals. Ich wünsche mir insgeheim, dass er *mehr* möchte. Mehr als nur telefonieren. Oder mir Geld zustecken. Ich wünsche mir, dass er anruft, weil er an mir interessiert ist.
»Können wir uns treffen? Ich würde Sie gerne zum Essen einladen.«
»Wann?«
»Passt es Ihnen heute Abend? Ich hole Sie um acht Uhr ab.«
Zwei Essenseinladungen an einem Tag ... Ein bisschen fühlt es sich jetzt tatsächlich so an, als wäre mein altes Leben wieder da.
Trotzdem zögere ich. Schließlich ist morgen mein erster Arbeitstag bei Will, und da möchte ich ausgeschlafen sein.
»Nichts Großes, nur ein bescheidenes Dinner. Ich verspreche Ihnen, dass Sie spätestens um elf wieder zu Hause sind, wenn das Ihre Sorge ist.«

»Ist es tatsächlich.« Ich lache verlegen. Vermutlich weiß er auch von dem Job. Es ist kein angenehmes Gefühl, wenn ein Mann so viel über einen weiß.

»Gut, dann hole ich Sie um acht im Hotel ab.«

»Ich warte in der Lobby«, sage ich, bevor er auflegt.

Himmel! Ist das wirklich gerade passiert? Gehe ich heute Abend mit Tyler Locke essen – dem begehrtesten Junggesellen von Chicago, Selfmademilliardär und Alptraum meiner wachen Winternächte?

Offensichtlich.

Stellt sich mir natürlich die nächste Frage: Was ziehe ich bloß an?

Ich habe noch einmal auf Wills Kreditkarte zurückgegriffen und bin in der hoteleigenen Boutique einkaufen gegangen. Er hat darauf bestanden, dass ich sie zumindest so lange behalte, bis ich das erste Gehalt auf dem Konto habe. Ein Konto – das werde ich auch wieder bekommen.

Das Ergebnis meines kleinen Shoppingausflugs ist ein hellgraues Strickkleid, das jenem auberginefarbenen aus der aktuellen Winterkollektion von *Fashionista ETC.* erstaunlich ähnlich sieht. Es ist aber von einem unbekannten Label und kostet nicht mal die Hälfte.

So läuft das mit der Mode. Innovationen gibt es schon lange nicht mehr, und wenn etwas Erfolg hat, wird es sofort hundertfach kopiert. Darüber habe ich mich als Geschäftsführerin von *Fashionista ETC.* schon immer geärgert, ohne etwas daran ändern zu können. Mein Ziel war es immer, dem andauernden Kopieren und Plagiieren der anderen Modelabel eine ständig neue Palette von Ideen entgegenzusetzen. Und jetzt bin ich offenbar diejenige, die kopiert wird.

Statt es als ein Kompliment zu sehen, bin ich stinksauer. Natürlich hat man als Modeschöpfer keinen Einfluss darauf, was die Konkurrenz macht. Es wäre absoluter Schwachsinn, wenn man versucht, den Plagiator zu verklagen. Das schenkt diesem dann nur Aufmerksamkeit, die wie kostenlose Werbung funktioniert. Denn die Kundin denkt sich dann, dass sie dasselbe Kleid ja bei der Billigmarke kaufen kann, für das sie bei *Fashionista ETC.* einige hundert Dollar mehr hinlegt.

Darum war es stets mein Credo, dass wir die Konkurrenz ignorierten. Man muss seine eigene Strahlkraft entwickeln. Mode schaffen, an der niemand vorbeisehen kann, weil sie einfach zu gut ist, um sie nicht zu kaufen.

Das Billigkleid ist aber das Maximum, das ich für diesen Abend investieren möchte. Irgendwie kneift mich ja trotzdem das schlechte Gewissen, denn ich benutze immerhin Wills Kreditkarte. Er tut mir so viel Gutes. Wäre Tyler nicht, der mich ganz kribbelig macht ...

Nun ja. Wenn Tyler nicht wäre, hätte ich vielleicht auch Will nie kennengelernt. Denn erst die Nacht im Obdachlosenasyl, in der ich so gut schlief wie lange nicht, hat mir so viel Kraft und Zuversicht gegeben, dass ich am nächsten Tag in die Bibliothek ging und versuchte, mehr über meine Möglichkeiten herauszufinden.

Pünktlich um zehn vor acht verlasse ich das Zimmer. Die Stiefeletten passen nicht perfekt zum Strickkleid, doch darüber sehe ich ebenso hinweg wie über die Tatsache, dass die Clutch, die ich mir noch für zwanzig Dollar gekauft habe, einfach nur billig aussieht. Ich hoffe, es fällt Tyler nicht auf.

Als ich die Lobby betrete, ist er noch nicht da. Ich setze mich in einen der tiefen, dunkelbraunen Ledersessel und warte.

Keine fünf Minuten später betritt er das Hotel. Er sieht mich nicht sofort, und ich nutze diese zehn Sekunden, in denen sein Blick suchend umherschweift, um ihn zu betrachten.

Er ist der attraktivste Mann, dem ich in meinem Leben bisher begegnet bin – vielleicht abgesehen von dem einen oder anderen Modedesigner, aber die waren in den meisten Fällen schwul. Von Tyler Locke wusste man, dass er oft wechselnde Liebschaften mit Supermodels pflegte. Schwul war er bestimmt nicht.

Seine blonden Haare trägt er zurückgegelt. Die unergründlichen, grünen Augen unter dichten Brauen sind hellwach, und ich frage mich, was diese Augen schon gesehen haben. Er führt ein Leben auf der Überholspur ...

Der Mund. Etwas kantig, mit einem fast harten Zug. Doch als er mich entdeckt, lächelt er, und davon werden die Lippen ganz weich, dass ich sie am liebsten küssen möchte.

»Miss Sanders.« Er tritt zu mir, und ich stehe auf. Meine Knie fühlen sich ganz weich an, und das liegt bestimmt nicht daran, wie er mich ansieht, sondern vielleicht eher daran, dass ich seit dem Lunch nichts mehr gegessen habe.

»Mr. Locke.« Tyler. Wie gerne ich seinen Namen sagen möchte. Ihm die vorwitzige Strähne aus der Stirn streichen. Den Stoff seines Hemds unter den Fingerspitzen spüren, jeden Knopf einzeln öffnen ...

Meine Güte. Ich habe echt ein Problem, wenn ich mich jetzt in ihn verknalle.

»Sie sehen gut aus.«

Ich lache. »Sie meinen, ich sehe nicht mehr aus, als würde ich auf der Straße leben?«

Er sieht mich verletzt an, und ich bereue meine Worte sofort.

»Tut mir leid«, sage ich hastig. »Ich wollte Sie nicht irgendwie ...«

»Schon okay«, unterbricht er mich barsch. »Wollen wir?«

»Ja.« Erleichtert folge ich ihm nach draußen. Mein Handy vibriert, und ich nehme es aus der Clutch. Es ist Will.

Ich bleibe am Bordstein stehen, keine drei Meter von der Limousine entfernt, in die Tyler jetzt steigt. Sein Fahrer hält mir die Tür auf und sieht knapp an mir vorbei, als wäre ich Luft für ihn.

Ich gehe ans Telefon. »Ja?«

»Hallo Cara.«

Ich lächle. »Hallo Will.«

»Haben Sie heute Abend schon was vor?«

Verflixt. Wäre ich mal lieber nicht drangegangen. Was muss Will von mir denken, wenn ich ihm sage, dass ich gerade mal vierundzwanzig Stunden, nachdem er mich von der Straße geholt hat, ein Date habe?

Also muss ich lügen.

»Nein.«

»Hm, möchten Sie vielleicht mit mir zusammen was essen? Ich bin noch im Büro und könnte in einer halben Stunde bei Ihnen im Hotel sein.«

Ich atme tief durch. »Das klingt toll, aber ich bin total müde«, behaupte ich. »Gegessen habe ich auch schon.«

»Sehr schade.« Er klingt enttäuscht.

»Aber wir sehen uns morgen.«

»Ja, stimmt.« Sofort ist er wieder fröhlich. »Dann bis morgen, Cara. Ich wünsche Ihnen eine gute Nacht.«

Ich lege auf und gleite rasch neben Tyler auf den Rücksitz der Limousine.

»Was Wichtiges?«, fragt er.

Ich schüttle den Kopf.

Nein, überhaupt nicht.

Oder doch?

»Ich muss Ihnen etwas gestehen, Cara.« Tyler öffnet ein Barfach, das in die Mittelkonsole eingelassen ist, und entnimmt zwei Champagneflöten und eine gekühlte Flasche vom besten Champagner. Für solche Details habe ich ja einen Blick, und selbst wenn ich mich nicht auskennen würde, könnte ich davon ausgehen, dass es bei ihm nur das Beste gibt.

Ich sehe ihm gespannt zu, während er die Flasche öffnet und in beide Gläser Champagner gießt, der fein perlt und prickelt. Ich nehme das zweite Glas von ihm entgegen, und wir stoßen an. Tyler räuspert sich, als wäre das Geständnis für ihn eine große Belastung.

»Nun?«

»Also, ich muss gestehen, dass ich Sie nicht ohne Hintergedanken eingeladen habe.«

Mein Herz schlägt schneller, obwohl ich das nicht will.

»Sie waren auch als Obdachlose ... wunderschön. Ihre Ausstrahlung war irgendwie anders. Man konnte Sie nicht übersehen, Cara. Man musste hinsehen. Danach gingen Sie mir nicht mehr aus dem Kopf. Darum habe ich Donnie Richards auf Sie angesetzt. Ich wollte Sie wiedersehen. Ich wollte, dass Sie mit mir zusammen sind und wir uns näher kennenlernen.«

Mir wird heiß, und ich habe das Gefühl, kein verständliches Wort über die Lippen zu bringen. Der Alkohol ist schuld. Ich bin ihn einfach nicht gewohnt.

»Das ...«

»Ich weiß, das klingt verrückt. Aber lassen Sie mich ausreden.«

»Okay ...«

»Ich bin kein Mann, der gute und gesunde Beziehungen führt. Keine Ahnung, warum ich das nicht schaffe, aber irgendwas geht immer schief. Darum möchte ich auch gar nicht erst hoffen, dass Sie und ich ... Dass du und ich, Cara, ein Paar werden können. Das zu glauben, wäre utopisch, denn ich bin zu kaputt. Und ja, dafür gibt es Gründe, aber sie alle gehören nicht hierher.«

Seine Worte dringen tief in mein Innerstes ein, und ich spüre, wie sie etwas in mir zum Klingen bringen. Etwas Dumpfes, Schmerzhaftes, das sich wie ein Fremdkörper anfühlt.

Du bist zu kaputt für eine Beziehung? Was meinst du, warum ich in all den Jahren keinen Mann fand, der an meiner Seite leben will?

Aber ich sage nichts, sondern lasse ihn ausreden.

»Ich kann dir also nichts Dauerhaftes bieten. Nur ein Provisorium, eine kurze Affäre. Und das hast du nicht verdient. Du hast zu viel verloren. Aber ich möchte, dass du nicht länger in einem Hotelzimmer wohnst. Ich möchte dir ein Zuhause bieten, Cara. Einen Ort, an den du jederzeit zurückkehren kannst. Mein Penthouse ist groß, es gibt eine Gästesuite dort mit eigener Küche, Wohnbereich, großzügigem Bad und Schlafzimmer. Luxuriös, wenn du so willst. Auf jeden Fall besser als das Hotel. Zieh bei mir ein, Cara. Ich verspreche dir, dass ich mich von dir fernhalten werde. Jedenfalls, wenn du das möchtest.«

Er verstummt. Ich warte, doch er scheint alles gesagt zu haben.

»Was denkst du?«, fragt er beinahe schüchtern.

Ich weiß es nicht. Was soll ich denn denken? Tyler Locke bietet mir gerade einen Unterschlupf an. Und er bietet mir noch mehr. Ob ich dieses Geschenk annehmen kann, liegt allein bei mir. Doch zugleich warnt er mich, dass er mich unglücklich machen wird.

Was will ich? Mich auf eine langwierige Wohnungssuche begeben, um schließlich in einem völlig überteuerten WG-Zimmer mit irgendwelchen Collegestudenten zu landen? Oder diese vermeintlich einfache Lösung wählen? Früher oder später werde ich seinem Charme nicht länger widerstehen können, und was dann geschieht ... Er warnt mich, dass er mich unglücklich machen wird.

Dennoch atme ich tief durch und sage: »Okay. Ich ziehe bei dir ein.«

Ich weiß nichts über ihn. Vielleicht ist er ein Monster, ein Frauenmörder. Wer weiß das schon? Aber er will mich, und das leise Pochen meines Unterleibs ist bei der Frage, ob ich ihn will, sehr deutlich. Oh ja. Ich will ihn so sehr, dass ich ihn am liebsten jetzt küssen möchte ...

Und warum auch nicht?

Ich rücke näher zu ihm. Meine Lippen nähern sich seinen. Seine grünen Augen forschen in meinen, als wüsste er nicht, ob es mir wirklich ernst ist. Aber ich schließe einfach die Augen, kurz bevor unsere Lippen sich berühren.

Unsere Münder verschmelzen miteinander. Ich spüre seine Hand im Rücken. Sie wandert hinab zu meinem Kreuz, und er drückt mich näher an sich, während ich die Hand auf seine Brust lege und seinen Herzschlag unter dem feinen Stoff spüre. Tyler will sich von mir lösen, doch das lasse ich nicht zu, meine Hand liegt nun in seinem Nacken, ich lege auch den anderen Arm um seinen Hals und rutsche näher. Er stellt seine Champagnerflöte weg, seine Hände packen meinen Po und ich fühle mich für einen Moment hochgehoben. Dann sitze ich plötzlich rittlings auf seinem Schoß, und ich spüre seine Erregung. Er ist hart. Riesig und hammerhart. Ich stöhne. Seine Hände wandern an meinem Rücken hinauf, er sucht den Reißverschluss. In diesem Moment schaffe ich es, mich von ihm loszureißen. Ich starre ihn an, und er erwidert meinen Blick so offen und verletzlich, dass ich kaum anders kann als meinen Kopf an seine Brust zu legen.

»Zu früh?«, flüstert er.

Ich nicke nur und lausche seinem Herzschlag.

»Okay. Wir haben alle Zeit der Welt.«

Das Komische ist, dass ich ihm glaube. Ich habe mit diesem Kuss genauso wenig gerechnet wie mit dem Gespräch, das ihm voranging. Ich weiß gar nicht, womit genau ich gerechnet habe. Aber in jedem Fall habe ich in diesen wenigen Minuten einen Blick darauf erhascht, wie das Leben sein kann. Zusammen mit ihm, an seiner Seite. Gefährlich und selbstzerstörerisch? Ja, vielleicht.

Aber zugleich auch aufregend. Erregend. Und vielleicht genau das, wonach ich mich mein Leben lang gesehnt habe.

Tyler

Als sie sich an ihn schmiegte, musste er für einen Moment die Augen schließen. Es war kaum auszuhalten, wie sehr sein Herz raste.

Hatte er gedacht, es ließe sich alles einfach regeln?

Hatte er geglaubt, sie würde sich von ihm einlullen lassen, damit er ihr dann gestand, dass er ihr Unternehmen in den Ruin getrieben und dann aufgekauft hatte?

In seiner Vorstellung klang es so einfach. Er erzählte ihr davon, woraufhin sie ihm seinen Fehler verzieh, weil sie nicht das, was sich gerade zwischen ihnen entspann, aufs Spiel setzen wollte.

Womit er nicht gerechnet hatte, war der Sturm der Gefühle, der von einem Moment auf den nächsten über ihn hereinbrach.

Sie glitt von seinem Schoß herunter. Seine Erektion drückte schmerzhaft gegen den Stoff, und er unterdrückte ein Stöhnen. Verdammt, sie sah aber auch zu heiß aus! Er wünschte nicht zum ersten Mal, sie wären einander unter anderen Umständen begegnet. Oder er wäre nicht schuld an den Umständen, in die sie geraten war.

Was sie wohl von ihm dachte, wenn sie die Wahrheit erfuhr?

Das darf sie eben nicht erfahren. Ich werde es so lange wie möglich leugnen. Sie soll mich lieben, bevor ich ihr sage, dass ich der Verursacher ihres Elends war. Und dann werde ich Abbitte leisten.

Ich wollte sie von der Straße holen, weil sie etwas in mir berührt hat. Aber jetzt will ich sie für mich. Sie soll vergessen, was ich getan habe. Sie soll mir verzeihen.

Und wenn sie nicht verzeihen konnte?

Dann verlor er die Frau, in die er sich Hals über Kopf verliebt hatte ...

Will

Nachdem Cara ihm für den Abend eine Abfuhr erteilt hatte, blieb Will länger im Büro. Es gab für ihn immer mehr als genug zu tun.

Außer ihm war nur Nora noch da. Sie brachte ihm um kurz nach zehn einen Becher Kaffee und blieb eine Weile in der Tür stehen.

»Was ist das mit uns beiden, dass wir die Arbeit nicht ruhen lassen können?«, fragte Will sie.

Nora lachte. Sie blickte in ihren Kaffeebecher. Dann sagte sie: »Wenn ich abends nach Hause komme, ist meine Wohnung leer und kalt. Früher war das anders, aber ...«

Plötzlich wirkte sie sehr traurig, und Will bereute bereits, dass er das Gespräch begonnen hatte. Er wusste nicht, was genau Nora bedrückte. Aber inzwischen ahnte er, dass sie nicht nur wegen der vielen Aufgaben bis spätabends blieb, die Dalton ihr übertrug.

»Wenn es Ihnen zu viel wird, sagen Sie das bitte.«

»Was sollte mir denn zu viel werden?«

Sie sah ihn aufmerksam an, als wäre ihr der Gedanke noch nie gekommen.

»Die Arbeit. Ich habe eine zweite Assistentin eingestellt, um Elise zu entlasten. Aber Sie bleiben oft genauso lange hier wie ich ...«

»Wie ich schon sagte: Zuhause wartet niemand auf mich. Nicht mehr.«

Es klang so traurig, dass er nicht wusste, was er darauf erwidern sollte. Nora zuckte mit den Schultern. »Außerdem macht mir die Arbeit Spaß. Und Sie bezahlen für Überstunden nicht schlecht. Damit kann ich mir im Sommer einen schönen Urlaub leisten.«

»Klingt gut.« Doch irgendwie war ihm ihr Gleichmut unangenehm. Welche Geschichte wohl dahinter steckte? Jeder hat eine Geschichte, und Noras hätte ihn wirklich interessiert. Doch statt nachzufragen trank er schweigend seinen Kaffee. Als er das nächste Mal aufblickte, war Nora wieder verschwunden.

Eine halbe Stunde später hatte er genug von der Arbeit. Als er kurz darauf seinen Wagen auf die Straße lenkte, hielt er sich an der nächsten Ampel nicht links Richtung Vorort, wo er eine kleine Villa bewohnte, sondern nach rechts.

Zum Hotel.

Er hielt auf der gegenüberliegenden Straßenseite. Dort, wo er im zweiten Stock Caras Zimmer vermutete, war alles dunkel.

Also war sie tatsächlich früh schlafen gegangen.

Er wollte gerade wieder losfahren, als vor dem Hotel eine Limousine vorfuhr. Der Fahrer sprang heraus, eilte um den Wagen und hielt den Schlag auf.

Obwohl sie knapp zwanzig Meter entfernt war, erkannte er Cara sofort. Sie trug unter dem Mantel ein Strickkleid.

Und sie lachte.

Nicht mit ihm, sondern mit ihrem Begleiter.

Tyler Locke.

Will beobachtete, wie die beiden im Hotel verschwanden. Der Fahrer stieg wieder in den Wagen und wartete.

Auch Will wartete, bis das Licht hinter einem der Fenster anging. Erst dann startete er den Motor.

Er wollte gar nicht wissen, was sich hinter diesem Fenster abspielte. Seine Vorstellungskraft war mehr als genug.

»Torn Asunder 2 - Das Mädchen und der Milliardär« erscheint im Oktober 2016. Wenn du über den Erscheinungstermin informiert werden möchtest, trage dich am besten für meinen Newsletter ein: http://eepurl.com/cbzvUr

Wer zwischendurch auf dem Laufenden bleiben will (und Einblick in meine Schreibwerkstatt bekommen möchte), den lade ich herzlich auf meine Facebook-Fanseite ein:

http://www.facebook.com/AutorinAnnaMariota

Dort gibt es auch immer wieder tolle Gewinnspiele der zukünftigen Bücher, Ausblicke, Einblicke, und so weiter!

Anna Mariota
September 2016